REINVERLEGT!

Bibliografische Information der Deutschen Nationalbibliothek:
Die Deutsche Nationalbibliothek verzeichnet diese Publikation in der Deutschen Nationalbibliografie; detaillierte bibliografische Daten sind im Internet unter http://dnb.d-nb.de abrufbar.

© Michason & May Verlagsgesellschaft
   UG (haftungsbeschränkt)
   Frankfurt am Main, 2012
Alle Rechte vorbehalten.

Umschlaggestaltung: Peter Koebel
unter Verwendung eines Bildes von:
istockphoto.com/aristotoo
Autorenporträt: Christina Koralewski

Druck: *Finidr, s.r.o.*

ISBN: 978-3-86286-014-2
Originalausgabe

Weitere Informationen finden Sie auch unter:
http://www.michasonundmay.de

Betty Kolodzy

REINVERLEGT!

Roman

michason & may

Für Jost

TEIL EINS

Ein leerer Raum mit einer weißen Wand. Keine Ablenkung. Nichts. Nur eine weiße Wand. Behutsam, doch unmissverständlich wollte ich den Architekten instruieren, den ich eigens mit der Gestaltung meines Arbeitszimmers beauftragte. Und verschwieg ihm meinen Plan: Hier würde ich den Literaturagenten Mauz einsperren und seiner wohlverdienten Strafe zuführen.

»Diesem Ort«, erklärte ich stattdessen, »soll die Spiritualität einer Kapelle innewohnen. Hier werden sich die göttlichen Strömungen mit meinen geistigen vereinen.«

Kein Strom, hatte ich den verdutzten Architekten gedrängt. Bitte entfernen Sie sämtliche Quellen und stellen Sie sicher, dass sich nicht eine einzige Steckdose in der Nähe meines Arbeitsraumes befindet.

»Aber«, hatte der Architekt angemerkt. Und es war eher ein Hinweis als eine Widerrede, den er da in den Raum geworfen hatte, zu den sich auftürmenden faserigen Tapetenresten, die die mit Kaffeeflecken übersäte Auslegeware bedeckten. Als habe er sagen wollen, dass es doch unmöglich sei, ohne Strom zu arbeiten. Gerade heutzutage, wo man doch in alle Himmelsrichtungen elektronisch verbunden ist – kabellos, versteht sich von selbst. Doch auch wenn man kein Kabel sieht, so schien er anmerken zu wollen, ist selbst nach heutigen Maßstäben das Telefonieren und Korrespondieren ganz ohne Strom undenkbar. Außerdem, lag ihm wohl auf der

Zunge, schreiben Sie doch sicher an Ihrem Computer und auch das gute Stück benötigt Strom.

Die Frage steht im Raum, sagte ich mir, auch wenn er sie nicht ausgesprochen hat. Aber hätte man zu jeder eine Antwort parat, wäre die Zeit zum Leben noch knapper. Zum wahren Leben, was auch immer das heißen mag.

Da ich mir nicht so sicher war, ob der Architekt, ein beleibter Mann mit rotem Einstecktuch, mir nun diese Frage gestellt oder sie nur gedacht hatte, hielt ich es für angemessen, ihm meine Motive wie beiläufig zu erläutern und ihn so fast unbemerkt auf meine Seite zu ziehen.

»Mein Herr«, begann ich, wobei schon die etwas antiquiert klingende Anrede Teil meines Überzeugungsversuches war: »Mir ist durchaus bekannt, welche Maßstäbe in der globalisierten und allzeit vernetzten Arbeitswelt unseres einundzwanzigsten Jahrhunderts gelten. Auch ist mir bewusst, dass nur einem am Computer erschaffenen Werk Anerkennung zuteilwird und es unter diesem Aspekt nicht einmal eine Rolle spielt, ob es sich bei besagtem Werk um einen Roman, ein Haus oder den Schnitt für eine Unterhose handelt.«

Woraufhin sich die rechte Augenbraue erstaunt hob. Dieser Architekt setzte sich nicht nur durch eine heutzutage altmodisch wirkende Leibesfülle von seinen Kollegen ab – oder durch ein rotes Seidentuch, das auf die Mitgliedschaft im Lions Club hätte schließen lassen können. Nein, dieser besaß die seltene Fähigkeit, seine Verwunderung durch das Heben der rechten Augenbraue kundzutun. Beziehungsweise das kontrollierte Unterdrücken seiner linken.

Wie viele Architekten, wollte ich ihn fragen, sind in der Lage, diese nichtvorhandene Statik in den Griff zu kriegen und Häuser zu bauen, die nicht das Gleichgewicht verlieren? Denken Sie nur an den schiefen Turm von Pisa, wollte ich rufen. Die Planung des Hausbaus bei gleichzeitig einseitig hochgezogener Augenbraue konnte meines Erachtens nur dann funktionieren, wenn der Architekt und Augenbrauenhochzieher sich leicht zur Seite neigte, um das Missverhältnis auszugleichen.

»Kein Strom.«

Obwohl diese Frage nicht als eine solche formuliert war, hatte ich sie doch an der Mimik ablesen können, den Grad des Erstaunens vielleicht sogar an der Höhe der nach oben gezogenen Augenbraue. Und nun diese meine Aussage zu den Unterhosen, Romanen und Häusern, die unbedingt am Computer entworfen sein mussten, um anerkannt zu werden!

»Wissen Sie, mein Herr«, begann ich wieder, »bei mir verhält es sich völlig anders. Die Gesetze des Marktes mögen ja auf die meisten zutreffen, aber nicht auf mich. Ich probiere mein ganzes Leben, mich freizumachen von Zwängen und Konventionen. Ich unterwerfe mich meinen eigenen Spielregeln – und auch nur dann, wenn es sein muss.«

Ich machte eine Kunstpause. Diesmal hob sich die Augenbraue maximal einen Millimeter.

»Sie haben die verantwortungsvolle Aufgabe, hier keinen herkömmlichen Arbeitsraum zu planen«, fuhr ich fort, »Sie werden hier etwas ganz Besonderes kreieren: Ein Refugium ... Einen geistigen Rückzugsort«, schloss ich. Keines dieser modernen Großraumbüros, in denen vernetzte und verkabelte Menschen an einem gemeinsamen Strang ziehen, um noch ein sinnloses Produkt auf den längst übersättigten Markt zu werfen, wagte ich dann doch nicht zu schimpfen.

Die entscheidende Frage stand im Raum. Beide Augenbrauen befanden sich auf gleicher Höhe, als der Architekt endlich das einzig Folgerichtige tat und sie stellte:

»Was werden Sie schreiben?«

TEIL ZWEI

1

Gute Frage, denke ich heute.

Immer wieder drehe ich sie in meinem Kopf herum, bis mir schwindelig wird. Ich fasse sie nicht mit Glacéhandschuhen an. Ich greife sie eher mit einer Zange, mit einer Kneifzange vielleicht. Bis sie sich windet und deformiert. Bis aus dem »Was werden Sie schreiben?« unter anderem ein »Schreiben Sie werden was?« und am Ende katastrophalerweise ein »Werden Sie was schreiben?« wird.

Ich werde was schreiben, scheinen mir die Buchstaben, die gequälten, zuzurufen. Und ich denke, dass es vielleicht an der Zeit wäre, hinauszugehen. In einen Laden zum Beispiel, um dort irgendetwas Unnützes zu kaufen. Vielleicht liegt sie ja darin, die eigentliche Lebenskunst: Trotz einer inneren Antihaltung im Strom mitzuschwimmen. Was in meinem konkreten Fall bedeuten würde, sich mit den gesellschaftlich vereinbarten Sinnlosigkeiten zu beschäftigen, bis sie einem entweder zum Halse heraushängen – oder man sich schließlich, durch die Gewohnheit abgestumpft, an ihnen erfreut.

Doch ich gehe nicht raus. Noch ist der Zeitpunkt nicht gekommen, meine Prinzipien aufzugeben. Noch fühle ich mich nicht weichgekocht genug, obwohl diese Buchstabenplage mich beinahe verrückt macht.

Was werden Sie schreiben?, denke ich die Frage des beleibten Architekten und ich sehe ihn vor mir: Sein Blick fast indifferent. Ein Schuss Belustigung, vielleicht noch eine Portion Neugier. Doch nicht das Erstaunen, das ich mir erhofft hätte.

Hochmütig hatte ich ihm geantwortet, dass ich in der glücklichen Lage sei, das Schreiben erst in dem Moment entstehen zu lassen, in dem meine Feder das Blatt berührt. Ich erklärte ihm noch, wie wichtig es sei, den direkten Kontakt zum Papier zu haben, eben durch erwähnte Feder, die das Ende meines Füllers darstellt.

»So ein Füllfederhalter mit Feder, wissen Sie«, hatte ich geprahlt, »ist unverzichtbar für ein ernstzunehmendes Werk. Nur die Oberflächlichen«, so belehrte ich ihn, »schreiben am Computer, der doch eher den Zahlenmenschen zuzuordnen ist. Den Wartenummernziehern und jenen Kleingeistern, die jeden Euro in D-Mark und jeden Cent in Pfennig umrechnen, bevor sie bereit sind, das Produkt in den Einkaufswagen zu legen.« Dass auch ich zu Letzteren gehörte, verschwieg ich vorsichtshalber.

Was geht es ihn an, dachte ich, wir haben nicht vor, Freunde zu werden. Wir werden uns nach Beendigung der Arbeit, sprich nach Vertragserfüllung, aus den Augen verlieren, wie man so manchem Menschen aus dem Weg geht, der einem während eines gemeinsamen Projektes zu nahe kam. Begegnen, aber kurz! Das war meine Devise.

Was werden Sie schreiben ... Wenn ich nur daran denke, mit welcher Eindringlichkeit, ja Inbrunst fast, ich versucht hatte, dem Architekten meine Position nicht nur zu erläutern, sondern ihn von meinem Standpunkt zu überzeugen, ihn für meine Idee zu gewinnen gewissermaßen …

»Ich bin in der glücklichen Lage«, versuchte ich ihm fast heiter mitzuteilen, »meine Werke keiner Öffentlichkeit vorstellen zu müssen, sondern sie lediglich für mich selbst zu schreiben.«

Da war sie wieder hochgegangen, die Augenbraue des Architekten. Damit hatte er wohl nicht gerechnet.

»Ich schreibe für die Schublade«, fuhr ich fort, »da ich den fatalen Fehler, meine Werke wie Perlen vor die Säue zu werfen, nicht machen werde. Meine Texte sind ungelesene und sollen es auch bleiben. Ob Roman, Novelle oder Essay: Meine Manuskripte gehören mir. Ihr Geist wird sich niemals und unter keinen Umständen mit dem eines anderen vermischen!«

Der Architekt zog sein rotes Einstecktuch aus der Sakkotasche und begann, es nervös in seiner rechten, geballten Faust zu zerknüllen. Als wollte er sagen, dass dies alles nun immer noch nicht erkläre, was ich schreiben werde.

»Sie veröffentlichen also nicht«, stellte er fest. Und als ich ihn wissen lassen wollte, warum nicht, als ich ihm meine erhabenen Beweggründe darlegen wollte, schob er die Frage »Wie kommt's?« hinterher.

Kalt erwischt! Nun hätte ich mir allerhand aus den Fingern saugen können, aus den unterschiedlichen, denn Mittel- und Zeigefinger der rechten Hand wiesen, im Gegensatz zur linken, einige Unregelmäßigkeiten auf.

Und zwar waren sie an der Stelle, an der sie sich um den Griff des Füllfederhalters bogen, leicht eingedrückt. Der Mittelfinger links, der Zeigefinger rechts.

Eigentlich auch eine architektonische Angelegenheit, dachte ich und wollte sie mit dem Architekten besprechen, der jedoch auf die Beantwortung seiner Frage zu warten schien. War ich ihm überhaupt eine Antwort schuldig? Was ging es ihn an, der doch lediglich für die Planung meines Arbeitszimmers zuständig war. Was scherten ihn die Absagen und der unfähige Literaturagent, der mein Manuskript innerhalb eines Jahres an den Verlagsmann bringen wollte. Hoffnungen, unerfüllte Träume, geplatzt wie Wasserrohre. Sie hinterlassen gelbe Flecken an den Wänden und einen unangenehmen Beigeruch.

»Wären Sie eine achtzehnjährige Blondine mit großen Brüsten«, hatte mir einmal ein Buchhändler gesagt, »könnten Sie Ihren Roman sofort herausbringen. Oder wären Sie wenigstens prominent ...«

Dies alles wollte ich dem Architekten nicht erzählen, so viel wollte ich von mir und meiner tiefen Enttäuschung nicht preisgeben. Schließlich verband uns lediglich ein Vertragsverhältnis. Außerdem hatte ich als Bauherrin eher eine ihn kontrollierende Funktion. Ich würde ihm auf die Finger schauen so oft es ging und das Ergebnis seiner Arbeit kritisch beäugen, was eine gewisse Distanz zwischen ihm und mir voraussetzte.

»Ich habe leider keine Zeit zu lesen«, sagte der Architekt und machte Anstalten zu gehen.

»Einen Moment noch!«, warf ich ein: »Das Wichtigste haben wir noch gar nicht besprochen.«

Und ich versuchte zu lächeln, nachdem ich aufgrund des nervösen Zuckens seiner Mundwinkel bei zeitgleichem Anheben der diesmal linken Augenbraue davon ausgehen musste, dass er seinen, wie er wohl dachte, wohlverdienten Feierabend inbrünstig herbeisehnte. Wahrscheinlich, so schloss ich aus seiner heftigen Überreaktion, wartete Frau Dipl.-Ing. schon ungeduldig auf ihn: Piccobello und in Schale geworfen für einen Abend außer Haus. Ein Tête-à-Tête mit dem Gatten, wo man über gesellschaftlich Relevantes sprach oder über die ehrenamtliche Tätigkeit im Vorstand des Lions Club, die zwar wohltätig war, doch nicht ganz uneigennützig, berücksichtigte man die Vielzahl der Bauvorhaben, die durch die unzähligen Kontakte zu anderen Lions-Club-Mitgliedern entstanden sein mussten.

Eine Hand wäscht die andere, schoss es mir durch den Kopf und ich konnte die Ungeduld des Architekten förmlich spüren. Wie Nachtfrost, dachte ich, fühlt sie sich an, die baumeisterliche Ungeduld, doch dann merkte ich, dass die Sonne dabei war unterzugehen und die Gluthitze des Tages mitnahm in ihren Abgrund.

Bevor der Architekt seinen Mund zum Sprechen öffnete und die ersten Worte überhaupt formulieren konnte, brachte ich es hinter mich:

»Natürlich wird dieser Arbeitsraum über ein besonderes Merkmal verfügen. Ein Charakteristikum, das ihn von den üblichen Büros auch noch in weiterer Hinsicht unterscheiden wird.« Ich verkürzte die Kunstpause, um ihn nicht unnötig lange auf die Probe zu stellen oder gar zu verärgern:

»In der Mitte dieses Raumes soll eine Mauer stehen, die ihn in zwei identisch große Hälften teilt.«

Das war die Stunde des Architekten.

»Die Fläche misst zwölf Quadratmeter«, merkte er fachmännisch an, »das ist nicht besonders viel. Aber diesen Raum noch abzutrennen ...«

»Mir ist durchaus bewusst«, unterbrach ich ihn, »dass es Berufskollegen gibt, die die Weite zum Schreiben bevorzugen und in schlossähnlichen Hallen ihren Gedanken nachhängen. Wodurch sie jedoch Gefahr laufen, die Dimensionen der Räume gleichzusetzen mit ihrer eigenen Größe oder der ihrer Texte. Wissen Sie«, sagte ich schnell, »ich bin keine Prinzessin. Je kleiner der Raum, desto eher ergreife ich die Gelegenheit, mich aus ihm herauszuarbeiten.«

Ich hatte plötzlich das Bild eines Maulwurfs vor mir, der sich aus der Erde herauswühlte. Es gefiel mir, doch so viel Anstrengung verzerrte vielleicht den Inhalt meiner Botschaft.

»Ich meine lediglich«, startete ich einen neuen Versuch, »dass mich zu viel Raum und die damit einhergehende Zerstreuung vom Arbeiten abhalten. Mit der Mauer vor dem Kopf könnte ich meine Gedanken in eine bestimmte Richtung lenken, in die der Mauer eben, beziehungsweise in die bereits gedachte, also von mir selbst vorgegebene. Ohne Mauer wandert mein Blick zum Beispiel durch das Fenster auf den Baum, dessen Blätter und Äste im Wind schaukeln, bis sie meinen

Kopf so durcheinanderbringen, dass ich dabei meinen Denkansatz verliere. Und im Winter fliegen meine Gedanken durch die blattlosen Äste in den Himmel. Kurz gesagt: Ohne Mauer können meine Gedanken nur ins Leere laufen!«

Ich schwieg und wartete auf die Reaktion des Architekten, der mir aufmerksam zugehört hatte.

»Unter planerischen Aspekten«, klärte er mich auf, »ist es völlig absurd, eine Mauer an eine Stelle zu setzen, an der sie keinerlei Funktion erfüllt. Zum Beispiel in die Mitte eines Raumes, von dessen beiden Hälften anschließend nur eine genutzt wird.«

»So gesehen haben Sie recht!«, schmeichelte ich ihm: »Das widerspräche sicherlich jeglichen architektonischen Grundsätzen und womöglich auch dem gesunden Menschenverstand. Doch ganz so sinnlos, wie es scheint, ist es nicht.«

Ich wartete auf seine Reaktion und er offenbar auf eine Erklärung.

»Es handelt sich um keine gewöhnliche Mauer. Tatsächlich soll die von uns erschaffene Trennwand die Möglichkeit bieten, die hintere Raumhälfte durch eine Tür zu betreten.«

»Ach«, sagte der Architekt: »Sie wollen sich wahrscheinlich einen Ausweichraum schaffen, in dem Sie in Phasen kreativer Blockaden jene lästigen Geister im ersten Raum zurücklassen, um im anderen einfach weiterzumachen, als sei nichts gewesen.«

»Genau das ist es!«, rief ich begeistert: »Sie und ich, wir sprechen eine Sprache!«

Nun jedoch kam der knifflige Punkt und ich hoffte, seine Begeisterung würde noch einen Moment anhalten.

»Ein kleiner Durchgang soll es sein, eher ein Durchschlupf, welcher wiederum nur von einer Seite zu öffnen und zu schließen ist.«

Ich hielt die Luft an und versuchte, so unbeteiligt wie möglich zu erscheinen.

»Die Tür soll nur von einer Seite zu öffnen sein?«, hakte der Architekt nach.

Und ich hatte beinahe vergessen, dass es sich bei ihm um jene Spezies Mensch handelte, die in der Lage war, ihre eine Augenbraue fast auf die Höhe des Haaransatzes zu ziehen.

»Stellen Sie sich vor, die Tür fiele zu und Sie kämen nicht mehr heraus!«

»In diesem Fall bestünde immer noch die Möglichkeit, aus dem Fenster zu rufen.«

Ich verschwieg, dass die Schreie vor dem Hintergrund der riesigen Straße sowieso im Verkehrschaos untergehen würden. Außerdem: Wer interessiert sich heutzutage überhaupt noch für seine Nachbarschaft?

Als ich spürte, dass der Architekt zögerte und möglicherweise kurz davor war, einen Rückzieher zu machen, sagte ich lächelnd:

»Keine Angst. Die Tür wird schon nicht zufallen. Es geht auch mehr um die hypothetische Vorstellung, dass sie es tun könnte.«

Nun zwinkerte ich ihm zu.

»Wir Schriftsteller brauchen im Alltag den Nervenkitzel, um unseren Spannungsbögen höchstmögliche Authentizität zu verleihen.«

Ich war froh, das Wort ohne zu stammeln ausgesprochen zu haben.

Der Architekt jedenfalls schien seine Skepsis zu überwinden, doch sein Magen knurrte.

»Gut«, sagte er: »Eine Mauer in die Mitte des Raumes, weiße, verputzte Wände und eine nur von einer Seite zu öffnende Durchkriechtür. Sie erhalten meinen Kostenvoranschlag in den nächsten Tagen. Wie Sie sich denken können, arbeite ich mit den zuverlässigsten Handwerkern zusammen. Habe die Ehre!«

2

Heutzutage braucht man für alles einen Plan. Es lebt sich besser, wenn jeder Schritt in einem Terminkalender festgehalten wird, um dem Vorhaben seinen angemessenen Raum zu geben und damit die gewünschte Bedeutung. Ein ungeplantes Vorhaben wird immer ein sinnloses bleiben, da ihm nicht nur die Vorbereitung, sondern auch die damit einhergehende Vorfreude fehlt. Nur die Vorfreude erhält das Vorhaben am Leben, dessen Realisierung zwangsläufig in Enttäuschung münden muss. Ein Projekt, nach dessen Planung und kurz vor dessen Realisierung man aus dem Leben scheidet, wäre ein tatsächlich perfektes. Der Mensch braucht einen Plan, der seinem Leben einen Sinn gibt, so wie es für andere die eigenen Kinder sind oder Hunde, Goldfische oder die mit einem Jägerzaun abgesteckte Parzelle. Der Mensch braucht einen Plan, der ihn am Leben erhält und einen, kurz vor dessen Beendigung er aus dem Leben scheidet.

Ich jedenfalls hatte zwei Pläne und nicht die geringste Absicht, bald unter die Erde zu kommen. Ich war zwar nicht besonders glücklich, doch Rache und Vergeltungssucht hielten mich am Leben und ließen in meinem Kopf zwei Projekte entstehen, die ich auf jeden Fall umsetzen wollte, da ich mir daraus die höchstmögliche Befriedigung erhoffte. Das erste war das Schreiben eines Romans, dessen leere Seiten ich bereits unter dem Arbeitstitel Der Namor abgeheftet hatte. Der Namor sollte ein Meisterwerk werden, ein starkes Stück sozusagen, mit dem ich über Nacht berühmt würde, und das trotz der katastrophalen Zustände, klarer ausgedrückt, der Missstände, die auf dem Literaturmarkt herrschten. Ursprünglich hatte ich mir sogar überlegt, mich zu diesem Zweck und während der Schaffensphase parallel einer Silikonbehandlung im Stile von Pamela Anderson zu unterziehen, doch als ich die Kosten für Gesichts- und Unterarmlifting überschlug, sah ich ein, dass dies ein unrealistisches Vorhaben war, da mir keine Bank der Welt diese doch noch relativ teuren Eingriffe bezahlt hätte – denn, wer konnte garantieren, dass der Namor nicht nur verlegt, sondern auch ein Bestseller würde? Eine Sicherheit, so dachte ich, wird immer verlangt, ob bei Immobilie, Autofinanzierung oder Lifting.

Was also, wenn der Namor kein Bestseller oder – weitaus schlimmer – nicht einmal verlegt würde? Meine Bedenken vermischten sich mit unschönen Erinnerungsfragmenten: Post von Verlagshäusern, Briefkuverts, die mit zittrigen Fingern aufgerissen wurden, während einem das Herz bis zum Halse schlug, wobei sich die ganze Aufregung spätestens beim Lesen der um Freundlichkeit beflissenen Absagen legte – beziehungsweise in hysterische Weinkrämpfe mündete. Dazu die Frechheit des Literaturagenten Mauz, der mit fachmännischer Miene behauptet hatte, mein Manuskript innerhalb eines Jahres zu vermitteln. Drei unverlegte Jahre später war mein Plan gefasst: Ich würde mich rächen am Mauz. Ich würde ihn fangen und einsperren bei mir zu Hause, so wie doch heutzutage immer wieder und beinahe ständig Menschen eingesperrt werden in irgendwelchen Häusern, Unschuldige, während der Mauz doch mehr als schuldig war. Und dann würde ich abrechnen mit dem Mauz, soviel war sicher!

»Das Wichtigste ist«, sagte mir einst ein untersetzter Literaturprofessor, »gut strukturiert zu schreiben.«

Und jener untersetzte, weil zigarrenschmauchende Professor erklärte mir im gleichen Atemzug, dass natürlich zu besagter, unbedingt notwendiger Struktur die entsprechende Oberweite unumgänglich sei. Ohne Struktur und entsprechenden Brustumfang also kein Roman, schlussfolgerte ich, sondern lediglich ein in der Schublade vor sich hingammelndes, vollgeschriebenes und von jedermann ignoriertes Blätterwerk. Ausgeworfene Gedanken und Hirngespinste, über die man sich beim nochmaligen Lesen nur wundern kann, für die man sich schämen muss, und zwar in einem Maße, das das Verlassen des Hauses nur in Ausnahmefällen zulässt, und dann auch nur nachts, wenn einen der Albtraum hinaustreibt, der Appetit auf eine Zigarette oder die Suche nach all den anderen, die sich tagsüber nicht blicken lassen.

Schwadronieren, dachte ich, ja das kannst du, obwohl dein Roman so glasklar werden soll wie ein japanischer Garten.

3

Der Architekt war gegangen, nicht ohne mich noch einmal auf die Bedeutung des Stroms in Zeiten des einundzwanzigsten Jahrhunderts hinzuweisen, wobei er die erste Silbe betonte, als sei sie die entscheidende.

»Sicherlich werden Sie doch Ihre Wäsche auch weiterhin in der Maschine waschen wollen«, fuhr er fort. »Oder haben Sie etwa vor, sich ein Waschbrett anzuschaffen?«

Seine Schnippigkeit gefiel mir nicht. Wollte er mir einen Rat geben, so konnte er das jederzeit gerne tun. Wollte er mich allerdings belehren, so war er an die Falsche geraten. Am liebsten hätte ich ihm gesagt, dass er sich um den Auftrag und nur um diesen kümmern solle und derartige Sprüche in Zukunft für sich behalten möge. In Wirklichkeit jedoch ärgerte ich mich über mich selbst. Wie konnte ich auch bloß vergessen, dass heutzutage alles strombetrieben ist! Sogar das Telefon, dessen Kabel man früher in eine Buchse steckte, sogar dieser von einem gewissen Bell erfundene wundersame Apparat läuft heute über die Steckdose, so dass auch bei dieser jahrhundertealten technischen Errungenschaft die Stromabzocker kräftig mitverdienen. »Und als Dank werden wir regelmäßig abgehört.«

»Wie bitte?«, fragte der Architekt und drehte sich auf dem Treppenabsatz um.

»Nichts«, antwortete ich. »Ich habe nur laut gedacht. Grüße an die Frau Gemahlin.«

Innerhalb der kommenden Wochen wurde meine Wohnung von Handwerkern übervölkert. Die Männer erzählten mir von ihren Nöten und Qualen, die sich in einem Mangel an Geld, Freizeit und Frauen zusammenfassen ließen. Oft weckten sie mich morgens um sechs Uhr und ließen dafür schon gegen eins den Pinsel fallen – beziehungsweise Hammer oder Kelle.

»So«, hätte ich ihnen gern ins Gewissen geredet, »wird sich der Erfolg natürlich nie einstellen. In welchem Land der Welt legt man sein Arbeitsgerät noch vor dem Mittagessen aus der Hand? Wissen Sie, dass sich Chinesen für ein Schälchen Reis und ein Glas Wasser sechzehn Stunden am Tag krumm legen?«

Doch ich zog es vor, zu schweigen. Schließlich hatte ich kein Recht, sie wegen der Globalisierung zu beunruhigen, die sie sowieso früher oder später einholen würde. Die Angst vor Chinesen steckte tief in mir, obwohl ich doch nichts besaß, was sie kopieren konnten, außer ein paar unveröffentlichter Manuskripte. Dabei war ich doch die auf Rosen Gebettete: Der Zufall hatte mich damals, vor genau einem Jahr, beim Verschicken eines Manuskripts, im Postamt auf das Los einer Glückslotterie gestoßen und das Schicksal bescherte mir eine sorgenlose Zukunft, zumindest, was die materielle Seite anbelangte. 2.500 Euro monatlich! Wie schnell hatte ich all meine Freunde verloren, die vermeintlichen, muss ich der Wahrheit wegen sagen. Natürlich gehörte auch ich als benachteiligter Mensch, der sich mit Gelegenheitsjobs wie Putzen und Texterfassen durchs Leben schlagen musste, der Gruppe unverbesserlicher Idealisten an.

Doch, frei nach dem Motto »Geld verdirbt den Charakter«, änderten sich Lebensstil und Einstellung sehr schnell.

4

»Sie sind ein Glückspilz!«, hatte in einem Schreiben gestanden, das prompt zerknüllt in meinem überbordenden Papierkorb landete, nachdem es mit einer dieser permanenten Werbesendungen verwechselt worden war, die uns Tag für Tag aus den unkonzentrierten Gedanken herausreißen, ohne uns glücklicher zu machen. Geschweige denn einen Nutzen zu bringen. Nur Schrott, der im Briefkasten landet, hatte ich gedacht und die Ankündigung eines neuen Lebensstils resignierend zu den anderen, den selbst produzierten Worthülsen geworfen.

Erst ein paar Wochen später, beim Blick auf meinen Kontoauszug und aufgrund der Überreaktion des Bankbeamten, wurde ich wieder an besagte Werbesendung erinnert.

Was denn nicht wahr sein könne, fragte ich ihn, weil ich dachte, dass solche Missverständnisse und Fehlbuchungen, wie die fälschlicherweise auf meinem Konto eingegangenen 2.500 Euro oft genug vorkommen würden. Doch der Mann verließ entgeistert den Schalter, um mich wenig später mit einem Schnauzbartträger bekannt zu machen, der sich mit den Worten »Gestatten? Schmidt. Ich bin der Direktor dieser Bank« vorstellte.

»Angenehm«, sagte ich höflich lächelnd, obwohl es mir ein bisschen peinlich war, dass meine Ehrlichkeit sogar in der Chefetage für derartigen Wirbel sorgte.

»Darf ich Sie auf eine Tasse Kaffee in mein Büro einladen?«, fragte mich der Herr Schmidt. Eigentlich hatte ich keinen längeren Aufenthalt im Geldinstitut geplant.

Normalerweise erledigte ich meine Bankgeschäfte in der angegliederten Automatenhalle, wo man Überweisungen selbständig am Computer ausführen, seine Kontobewegungen kontrollieren und natürlich Geld abheben konnte – sofern welches eingegangen war. Ich wollte mit keinem Bankenmenschen sprechen müssen, hatte ich doch immer das Gefühl, man müsse über einen bestimmten Kontostand verfügen, um von ihnen respektiert beziehungsweise überhaupt wahrgenommen zu werden. Nein, bis zu jenem Tag, der mein Leben so stark verändern sollte, war ich auf Distanz gegangen zu Bankbeamten, auf die ich nur ab und zu einen Blick warf, wenn ich, meist mit meinem knielangen, schwarzen Regencape bekleidet und damit bis zur Unkenntlichkeit entstellt, an der Glastür vorbei zur Selbstbedienungshalle ging. Dass diese Bank überhaupt einen sogenannten Direktor hatte, wäre mir in der ganzen Zeit nicht einmal in den Sinn gekommen.

Warum nicht?, dachte ich und ging auf die Einladung zum gemeinsamen Kaffeetrinken ein. Trotz einer gewissen Schüchternheit war ich doch neuen Bekanntschaften nie abgeneigt, denn der gewiefte Freiberufler weiß, dass diese im Optimalfall zu weiteren Einnahmequellen führen. Und ein Pläuschchen mit dem Direktor einer Bank hätte ich unter Umständen sogar in einen Roman einfließen lassen können, sofern das Gespräch Stoff bot. Vielleicht, ging mir durch den Kopf, würde man mir sogar eine Medaille verleihen oder einen Orden für herausragende Ehrlichkeit.

Das Direktionsbüro war weitläufig. An den Wänden hing Kunst, moderne Kunst à la Miró, die auch ganz gut zu Finanzen und ähnlich abstrakten Themen passte, wie ich fand.

»Wollen Sie ablegen?«, fragte Herr Schmidt und half mir aus meinem nassen Regencape, das er mit spitzen Fingern und leicht angewidertem Gesichtsausdruck an die Garderobe hängte.

»Ich fahre immer Rad«, sagte ich, da ich das Gefühl hatte, mich rechtfertigen oder gar entschuldigen zu müssen.

»Ich weiß«, lachte Herr Schmidt und versuchte, seinen Ekel zu verbergen. Wahrscheinlich war auch er einer dieser Geländewagenfahrer, die, aufgebockt in der silbernen Blechkiste, hoch über uns und unseren irdischen Problemen thronten. Er griff zum Telefon und sagte: »Sibylle, bitte bringen Sie uns Kaffee und Gebäck!« Danach rieb er sich die Hände, als würde er gleich an einer frisch gedeckten Tafel Platz nehmen, auf der ein appetitlicher Braten nebst Knödeln und Salat auf ihn wartete. »Das Leben kann so schön sein!«, sagte er doch glatt, während ich mir überlegte, wie ich mit meinem platten Hinterrad nach Hause kommen würde. Schieben, dachte ich laut.

»Wie bitte?«, fragte Herr Schmidt.

»Ich werde es schieben müssen.«

Und als ich ihm mein Problem schilderte, brach er in ein polterndes Lachen aus. »Ha, ha, ha!« Und noch einmal: »Ha, ha, ha! Das ist wirklich ein gelungener Scherz.«

In diesem Moment und angesichts dieser unerträglichen Respektlosigkeit glaubte ich zu wissen, warum ich mich bisher von Bankbeamten ferngehalten hatte. Doch ich wollte ihm meine Enttäuschung über sein Verhalten nicht zeigen und fragte ihn lediglich, ob er das wirklich so lustig fände.

»Bei 2.500 Euro monatlich«, lachte er und wischte sich eine Träne aus den Augen. »Kaufen Sie sich ein Neues! Sie fahren doch sowieso nur eine klapprige Gurke.«

Woher er das wisse, wollte ich ihn fragen und ihn davon in Kenntnis setzen, dass ich keineswegs vorhatte, das mir nicht zustehende Geld zu behalten. In diesem Moment betrat eine Blonde mit Pferdeschwanz das Zimmer und stellte ein Tablett auf den Tisch.

»Milch und Zucker?«, Herr Schmidt füllte meine Tasse und lehnte sich zurück. »Natürlich sind Sie nicht unsere erste Kundin, die plötzlich, von einem Tag auf den anderen und völlig unerwartet zu Geld kommt«, begann er und blickte mich unvermittelt an. »Doch in Ihrem Fall ist es tatsächlich etwas ganz Spezielles: Sie lebten jahrelang an der Grenze zum Minus, hangelten sich von Auftrag zu Auftrag, wie es schien ...« Er lächelte. »Man könnte meinen, Sie führen ein Künstlerleben, denn nur ein Lebenskünstler ist in der Lage, mit so wenig Geld über die Runden zu kommen ... Wussten Sie eigentlich, dass Sie unter dem Existenzminimum leben? Warum haben Sie kein Hartz IV beantragt?«

Ich fühlte mich überwacht, gedemütigt und getäuscht. Jahrelang schien man mich anhand meines Kontos ausgekundschaftet und analysiert zu haben. Ich wollte aufstehen und meiner Wut freien Lauf lassen, doch ich blieb sitzen und sah, wie sich die Lippen unter dem Schnäuzer wieder bewegten, wie Herr Schmidt ausholte zum neuen Schlag gegen mich und mein armseliges Leben.

»Nun wird alles anders«, sagte er väterlich. »Ein neuer Lebensstandard geht mit neuen Aufgaben einher. Und denken Sie immer daran, dass nur gut angelegtes Kapital effizient für Sie arbeitet.« Er stand auf und kehrte mit einer dicken Mappe zurück: »Zur Zeit hoch im Kurs stehen chinesische Fischfarmen.«

Ich kam mir vor wie im Traum und wollte ihm erklären, dass er die Lage vollkommen falsch einschätze. Hoffnungslos, ja das sei sie vielleicht, jedoch nicht armselig.

»Sie sind in der glücklichen Lage«, sagte Herr Schmidt, »und glauben Sie mir, wir haben es natürlich auf unsere Weise sofort überprüfen lassen, eine monatliche Rente von 2.500 Euro, in Worten Zweitausendfünfhundert Euro zu erhalten. Jeden Monatsersten pünktlich auf Ihr Girokonto bei unserer Bank.«

In jenem Moment erst begann ich zu verstehen. Und ab jenem Moment änderte sich mein Leben gewaltig.

5

Auch den teuren Füllfederhalter habe ich eigentlich kaum benutzt. Ein Füller hat natürlich viel mehr Stil als eine weiße Plastiktastatur. Doch das Schreiben mit dem Füller eignet sich nicht für Menschen wie mich. Füllfederhalternutzer sind zartbesaitete Wesen, intellektuell und feingliedrig.

All das, was ich nicht bin, machte ich mich runter, während ich an meinem Schreibtisch saß oder hin- und herlief in diesem Raum, der mir mehr Gefängnis war als ein Ort geistiger Freiheit. Die Gedanken wollten nicht so wie ich. Und vielleicht lag die Wurzel allen Übels ja im Bildschirm. Wenn die beginnende Sprachlosigkeit schlagartig vom Internet verdrängt wurde, das mich in die Welt der Google-News entführte: Kurze Nachrichten und Headlines über Berichten, die ich in rasender Geschwindigkeit überflog, bis ich am Ende nicht einmal mehr wusste, was ich eigentlich gelesen hatte.

So, sagte ich mir wütend, kann gar nichts werden aus deinen schriftstellerischen Ambitionen, denn gerade ein Autor muss doch konzentriert sein, hochkonzentriert sogar, muss sich einfinden in seine Erzählung und sie dominieren. Doch ich fürchte, ich gehörte zu den Millionen von Internetsüchtigen, zu den Junkies, obwohl mich der Inhalt der Nachrichten, egal wie schockierend oder brutal, in keinster Weise mehr berührte.

Eine glasklare Geschichte war mein Ziel, aber was sollte schon Großartiges herauskommen, wenn man ständig damit beschäftigt war, die ultimativ letzten News zu erfahren, auf der Suche nach dem Kick – oder der Rechtfertigung für den Stillstand des Romans.

Schon das leiseste Geräusch durch das geschlossene Fenster wurde zur absoluten Störung und warf mich aus dem Konzept. Ein unbedeutendes Geräusch, verursacht durch ein startendes Auto, einen kläffenden Taschenhund, die Wasserspülung und der Architekt, welcher, unter dem Vorwand der Bauleitung, immer wieder in der Wohnung auftauchte, um zu kontrollieren, wie er sagte, um die auf dem Bau ausgeführten Arbeiten der jeweiligen Gewerke zu überprüfen beziehungsweise ihnen »auf die Finger zu schauen«.

Am Ende fühlte ich mich kontrolliert und überwacht vom Herrn Architekten, der es wagte, morgens um sieben zu läuten, der manchmal mittags, manchmal abends vor meiner Tür und kurz darauf in meiner Wohnung stand und so tat, als überwache er die Handwerker, mit denen er sich tatsächlich für ein paar Minuten zurückzog, meist ans offene Fenster, wo sich dann die Herren eine anzündeten in meinem zukünftigen Nichtraucherarbeitszimmer. Gut, ich habe es ihnen genehmigt, das Rauchen am Fenster, aber erst nachdem sie mir erzählt hatten, wie es um sie stand und um ihre Zunft. Und der Architekt, wenn ich ehrlich bin, rauchte gar nicht, obwohl er gerne hätte. Er war, wie er mir sagte, gerade dabei, sich das Rauchen seiner grauslichen Gauloises abzugewöhnen.

»Mit denen«, sagte er verärgert, »hätte ich nie anfangen dürfen. Die waren mein Untergang.« Und seine

Finger nestelten hektisch am roten Seidentuch und in den Sakkotaschen.

Warum, fragte ich mich, trägt er immer Sakkos und Seidentücher wie der Protagonist eines italienischen Films aus den Fünfzigern, in dem er sicherlich die Rolle des Gigolos, hätte spielen dürfen? Wer läuft denn heute noch so herum? Wer, außer größenwahnsinnigen Architekten, die sich erlauben, im Rahmen einer sogenannten Bauleitung, in fremde Wohnungen einzudringen und sich der Privatsphäre des Bewohners zu bemächtigen, als hätten sie ein Recht darauf.

Irgendetwas verschlug mir regelmäßig die Sprache und ich konnte nicht genau analysieren, woran es lag, dass sich meine Worte schon beim geistigen Vorformulieren verdrehten, wenn ich mit dem Architekten in Kontakt kam, wohlgemerkt, nicht in Berührung, sondern in jenen platonischen Kontakt, in den Bauherren und Baumeister aufgrund ihres Vertrages treten – ob sie wollen oder nicht. Es war auch nicht so, dass mir nur seine Anwesenheit auf die Nerven ging, sondern gleichermaßen seine Abwesenheit, was in der Natur der Sache lag. Denn ein abwesender Architekt ist ein unzuverlässiger Bauleiter, redete ich mir ein. Doch es blieb wie verhext: War er da, fühlte ich mich im Rechtfertigungsdruck, auf der ständigen Lauer nämlich nach der Frage, die da kommen könnte: Wie läuft es mit dem Schreiben? Ich hatte ihm doch weisgemacht und mich so dargestellt, als sei ich eine dieser manischen Schreiberinnen, die ohne ihre Parallelwelt unter keinen Umständen zu existieren in der Lage sind.

»Das wahre Leben«, dozierte ich, »spielt sich nicht im Körper ab, sondern im Kopf.«

Wobei ich mich mit diesem Satz in eine Sackgasse manövriert hatte, ist doch der Kopf unbestritten Teil unseres Körpers. Ich versuchte, einen Ausweg zu finden, indem ich weiterphilosophierte:

»Hand aufs Herz: Das, was wir tun, machen wir doch nur aus bequemer Gewohnheit, aus Angst vor dem Unbekannten und weil wir gar nicht anders können oder dies zumindest glauben. Das Eigentliche, das Wahre, ist all das, was sich unser Hirn zusammenbraut, unsere sogenannte Gedankenwelt, in der wir uns bewegen, als wären wir frei. Wer von uns kann wirklich von sich behaupten, nach seinem freien Willen zu leben beziehungsweise einen solchen überhaupt zu besitzen?«

Als der Architekt mich fragte, ob er reinkommen könne, es sei ungemütlich im Treppenhaus, versuchte ich, auch diese peinliche Unaufmerksamkeit zu überspielen, indem ich einen Schritt zur Seite machte und einfach weitersprach.

»Schauen Sie sich an!«, rief ich mit schriller Stimme: »In Gedanken ständig bei den Gauloises! Was würden Sie lieber tun, als sich die Nächste anzustecken? Und Sie behaupten, ein freier Mensch zu sein?«

Ich war wohl einen Schritt zu weit gegangen, denn der Architekt, der gerade im Begriff war, seinen Mantel abzulegen, zog denselben wieder an.

»Ich habe es nicht nötig«, sagte er mit rotem Kopf, »mich vor Ihnen rechtfertigen zu müssen. Ich komme lediglich hierher, um meine Arbeit zu machen!«

Erbost drehte er sich wieder in Richtung Treppe um.

Was werden Sie schreiben, hämmerte es in meinem Kopf. Der Architekt war mein Spiegel, seine Schwäche, seine Willens- und Charakterlosigkeit war meine. Beschimpfte ich ihn, beschimpfte ich in Wirklichkeit mich selbst – und war er beleidigt, musste auch ich beleidigt sein. Was werden Sie schreiben?

Cool bleiben, sagte ich mir. Dies wird sonst ein Fall für den Mediator, einen sicherlich mit eigenen Kommunikationsproblemen behafteten Menschen, der sich anmaßt, über die Beziehung anderer zu urteilen und sich in deren Konflikte einzumischen, um auch noch daran zu verdienen. So ein Mediator kann den größten Schaden anrichten!

»Lassen wir den Mediator aus dem Spiel«, sagte ich, wobei es mir im Nachhinein so vorkam, als hätte ich »Lassen wir Mediator spielen« gesagt. Wie immer rang ich im Beisein des Architekten nach Worten und wie immer wunderte ich mich über mein armseliges Vokabular, meine unzulängliche Grammatik und die falsche Betonung des Gesagten.

»Mediator?«

Der Architekt nestelte an seiner Sakkotasche, die ich in dem Moment ganz unbewusst und nur in meinen intimsten Gedanken als Takkosasche bezeichnete. Niemals, schwor ich mir, würde ich das Wort in seiner Gegenwart in den Mund nehmen. Eine Takkosasche, was zum Teufel sollte das bloß sein?

»Warten Sie!«, rief ich, als er auf dem Treppenabsatz verschwand. »Denken Sie an die Blauleitung!«

Der Architekt lächelte und wedelte mit einer Packung Gauloises. »Komme gleich zurück!«, rief er. »Ich will nur eine rauchen!«

Kurz darauf beobachtete ich vom Fenster aus, wie er vor einer großen Plakatwand stand und glücklich den Rauch in die Luft blies. Dann wanderte sein Blick auf das Model, das für eine atemberaubende Dessous-Kollektion warb, während sich kleine weiße Kringel ihren Weg in die Lüfte bahnten.

»Sie sollten damit aufhören«, sagte ich ihm, als er zurückkam.

6

Wochen und Monate verstrichen. Oder waren es nur Tage und Stunden, in denen sein jägergrünes Sakko und das rote Einstecktuch Teil meiner Wohnung und meines Lebens wurden? Wie selbstverständlich wartete ich schon sehr früh morgens auf das Klingeln und die darauffolgenden Schritte im Treppenhaus. Der Architekt trug Mokassins, die ihn auf leisen Sohlen schnüren ließen wie einen Fuchs. Ich versuchte, das Stockwerk zu erraten, in dem er sich gerade befand, wenn ich hinter meiner angelehnten Wohnungstür lauerte, als würde ich mir nicht mehr selbst genügen.

Natürlich hatte auch ich einmal Freunde. Im Gegensatz zu den meisten Menschen differenzierte ich jedoch zwischen den unterschiedlichen Graden von Zuneigung und Nähe, weswegen die meisten meiner sogenannten Freunde für mich nichts als Bekannte waren. Alle gaben sie vor, Künstler zu sein, obwohl diese Bezeichnung nichts anderes war als die Rechtfertigung für ihr stagnierendes Leben. Jene Bekannte glaubten an den Sozialismus, an Gerechtigkeit und Brüderlichkeit, in erster Linie jedoch, um das Gefühl des Unterdrückt-Werdens kultivieren zu können, was wiederum ihre Lethargie begründete und ihre maßlose Selbstzerstörung.

Kapitalismus, sagten sie, sei die Wurzel allen Übels und erklärten, wie sie alle davon befreien würden, wären sie bloß an der Macht. Sie würden Gutes tun, selbstredend, und dabei niemanden vergessen, außer diejenigen, denen sie die Schuld an ihrem sinnlosen Leben gaben.

Ich jedoch stellte mir lieber vor, was ich täte, die eigene Diktatur als fixe Idee im Kopf: Als erstes würde ich ihnen einen Besen in die Hand drücken, mit dem sie vor ihrer eigenen Tür kehren sollten – und gerne auch vor meiner, nervte mich doch der Dreck im Treppenhaus immer sehr. Ich hasse Schmutz und kann Staub auf den Tod nicht leiden, weswegen ich konsequenterweise diese Stellen als Putzfrau annehmen musste damals, als es keine Aufträge mehr gab für talentierte Texterfasserinnen wie mich. Und natürlich hasste auch ich die Neureichen, in deren Wohnung ich saubermachte, deren Bratenfett ich aus der Pfanne eliminierte, wobei mir die rosa Gummihandschuhe kaum den richtigen Schutz vor dem Ekel boten, der mich spätestens dann einholte, wenn ich den öltriefenden Sud ins Designerklo kippte oder ihre Unterwäsche bügeln musste. Dann gewann ich diese Rente und sofort, nachdem der erste Betrag auf meinem Konto eingegangen war, beschloss ich, mein Leben drastisch zu ändern.

Das Fahrrad aber hatte ich nicht vor der Bank stehen gelassen, hatte mich doch der alte Drahtesel treu durch die Stadt und mein bisheriges Leben begleitet. Es gab für mich kein passenderes Fortbewegungsmittel, da mir das Sitzen in der Straßenbahn zuwider war und die Nähe zu den Menschen und ihren Ausdünstungen. Nein, mein Rad hatte ich langsam durch den Regen nach Hause geschoben. Es goss wie aus Eimern an jenem Tag und ich fühlte, dass ich mein Regencape das letzte Mal tragen würde, jenen zeltartigen Plastiküberwurf, der, meinen Körper verhüllend, mich zu einem Neutrum machte.

Jeder trug so ein Cape in unserer Stadt, ob Mann oder Frau, nur die Farben unterschieden sich und die Aufdrucke. Warben die Herren doch meistens für eine Versicherung oder Outdoor-Marke, tarnten sich die Damen mit dezentem Umhang von Tchibo. Der Effekt war der gleiche: Keiner nahm vom anderen Notiz, jeder trat in die Pedale, als wäre der Teufel hinter ihm her. Die Benzinpreiserhöhung zeigte ihre Wirkung, nur mich tangierte sie nicht. Besaß ich vorher noch nie ein Auto, würde ich über Preissteigerungen auch in Zukunft nur müde lächeln. Und wer weiß, dachte ich, ob ich mir nicht sogar bald den langgehegten Traum des servilen Chauffeurs erfüllen würde!

7

Was werden Sie schreiben?

Gute Frage, dachte ich, kalt erwischt! Die Formel »Wo ein Wille, da ein Weg« trifft nicht unbedingt auf das Schreiben zu. Denn auch, wenn sich die Gedanken wie von selbst formulieren und sogar einigermaßen strukturiert erscheinen, sollte man sich nicht zu früh freuen, da über kurz oder lang die freiwillige Selbstkontrolle zuschlägt, um das Geschriebene in den Dreck zu ziehen.

Schreibblockaden tauchen auch nach gescheiterten Veröffentlichungen auf, besonders wenn ein sogenannter Literaturagent involviert war, dessen Phlegma die versprochene Vermittlung von vorneherein im Keim erstickte. Mit seinen listigen Augen hielt Herr Mauz Ausschau nach neuen Opfern, doch war er zu geizig, um sich sein Essen zu bezahlen, das er sich bei den zahlreichen, wenn auch überflüssigen Treffen mit mir bestellt hatte. Seltsamerweise war, ging's ums Bezahlen, auch gleich seine komplette Brieftasche nicht mehr in Reichweite, sondern muss, wie er vorgab, auf seinem antiken Schreibtisch von ihm vergessen worden sein. Über ein Jahr lang redete er mir ein, dass er das Manuskript auf jeden Fall an den Verlagsmann bringen würde.

»Bald ist es soweit!«, versprach er und zwinkerte mir fröhlich zu. In Wirklichkeit, so spekulierte ich, wollte der Mauz unter dem Vorwand der Literaturvermittlung neue Menschen kennenlernen, um sie hemmungslos auszuhorchen. Doch er war nicht nur Hochstapler, sondern gleichermaßen Schnäppchenjäger, wie er mir selbst erzählte. So drängte er sich beispielsweise auf Flohmärkten herum, auf der Suche nach Antikwachs zur Reinigung und Pflege seines jahrtausendealten Schreibtisches, den er vor vielen Jahren einem unwissenden Händler abschwatzte, indem er ihn so lange bearbeitete, bis ihm dieser die Rarität zu einem Spottpreis hinterherwarf. Dass es sich beim Antikwachs um Hehlerware handelte, also um Flaschen, die vom LKW heruntergefallen waren und anschließend von windigen Gesellen aus Osteuropa eingesammelt und an den Mann gebracht wurden, dies alles war dem Mauz schnurzpiepegal!

Aus meiner schicksalhaften Geschäftsbeziehung sollte sich konsequenterweise das Thema meines nächsten Romans ergeben: Nicht mehr ganz so junge Autorin kidnappt ehemaligen Literaturagenten, den sie in ein enges Zimmer sperrt und jämmerlich zugrunde gehen lässt. Um die Geschichte so wahrheitsgetreu wie nur möglich schildern zu können, hatte ich ja ursprünglich vor, den Mauz tatsächlich zu entführen.

Immer wieder musste ich an ihn und an seinen halslosen Kopf denken und daran, wie er doch einmal in diese Stadt gekommen war, in Wirklichkeit nur, um den erfolgreichen Autor Perry Popp zu treffen, welchen er, im Gegensatz zu mir, nicht in die Suche nach einem Hotelzimmer verstrickte:

»Einem günstigen, zentralen und guten, wenn möglich.«

Als Dank für die Umstände nahm er mich mit zur Preisverleihung des begnadeten Autors, der es bis an die Spitze der Bestsellerliste geschafft hatte und darüber hinaus. An jenem Abend wurde die Goldene Träne verliehen an ihn, den Popp, das Genie und den Meister des schmachtenden Wortes, wie es in der Laudatio hieß.

Am liebsten hätte ich natürlich nie wieder einen Gedanken an den Mauz verschwendet, doch mir dämmerte, dass nicht ich schuld war an meinem Misserfolg, sondern er. Wäre der Mauz nicht gewesen, hätte der Roman bei einer anderen Agentur gelegen und wäre von dort, kurze Zeit später, direkt in einen Verlag gewandert, wo man ihn mit Freuden empfangen und veröffentlicht hätte. Ohne den Mauz, dachte ich wütend, wäre ich ein gefeierter Literaturstar.

Als sei ich von einer fixen Idee besessen, musste ich rund um die Uhr an den Mauz denken und seine Schuld an meinem Misserfolg, bis mich nur noch die Vorstellung seiner Gefangenschaft beruhigen konnte.

»Bevor ich Geld anlege«, hatte ich dem Bankdirektor Schmidt gesagt, »möchte ich es mit vollen Händen ausgeben.«

Es juckte mir förmlich in den Fingern. Ich hob die 2.500 Euro ab, stopfte sie in die Innentasche meines Regencapes und schob das Rad nach Hause. Dort stürzte ich mich auf den Wohnungsmarkt und blätterte zeitgleich im Telefonbuch nach einem bauwilligen Architekten.

Doch die Begegnung mit diesem brachte mich aus dem Konzept. Rache und Vergeltungssucht, wurde mir klar, waren fehl am Platz. Also disponierte ich um und plante, den Mauz nur in Gedanken zu fangen und hinter der Mauer einzusperren.

8

Die Stunden, Tage und Wochen mit dem Architekten waren in einem seltsam gleichmäßigen Rhythmus vergangen und zur unhinterfragbaren Selbstverständlichkeit geworden. Meist wartete ich mit dem Essen auf ihn, immer schon im Voraus ahnend, wann er wieder zur Kontrolle der Handwerker vorbeischauen würde. Für ihn hatte ich raffinierte Rezepte aus dem Internet zusammengesucht, Speisen aus fernen Ländern mit seltsamen Namen wie Frauenschenkel-Frikadellen, Engelshaar-Dessert oder Salat der rosa Prinzessin. Manchmal hatte ich mir für die Zubereitung der aufwendigen Gerichte den Wecker auf eine Uhrzeit gestellt, zu der es draußen dunkel war und die meisten Menschen noch schliefen. Frühmorgens dann, wenn ich meine nach den erhitzten Zutaten ausdünstende Kleidung zum Lüften auf die Dachterrasse hänge und mich fragte, welchen Sinn die jetzt noch Schlafenden ihrem Leben wohl gaben, versuchte ich, ein paar Übungen zu machen, damit sich meine durch die ständigen Gedanken an den Namor verkrampften Gesichtszüge wenigstens ein bisschen lösten.

Eines Tages klingelte es. Es klang anders als sonst, denn auch der Architekt war, möglicherweise durch das viele Essen, entspannter geworden und damit sein Klingeln nicht mehr so abgehackt kurz wie anfänglich, sondern länger, weicher und auch heller.

Zu früh, dachte ich. Statt struppiger Haare und Kittelschürze hätte ich mir doch gerne vorher noch eins meiner erst kürzlich bestellten Kleider angezogen, mit denen ich meinen Gast immer wieder aufs Neue überraschte.

Es dauerte lange, bis er die Treppe heraufkam und es klang nicht mehr nach dem sich elegant anschleichenden Raubtier, sondern eher nach einem alten Mann, der sich, vielleicht des Lebens müde, die Treppe hinaufschleppte. Unter dem jägergrünen Jackett, das gerade mal die Hälfte seines Brustkorbs bedeckte, quoll ein enormer Bauch hervor. Zwei Knöpfe fehlten.

»Nun ist es soweit«, sagte er keuchend. Er zog das rote Seidentuch heraus und wischte sich den Schweiß von der Stirn. »Jetzt haben wir es geschafft: Heute ist Abnahme!«

Er sah mich an und es kam mir vor, als versuche seine Augenbraue, sich zu heben. Wie lange war es her, dass ich diese klitzekleine Bewegung das letzte Mal gesehen hatte?

»Abnahme«, wiederholte ich stumpf – wie mit monotoner Computerstimme. Hatte ich wirklich Abnahme gesagt oder war es jemand anders, so dass der Architekt es möglicherweise nicht einmal mitgekriegt hatte.

»Abnahme«, sagte ich gleich darauf noch einmal und fragte mich, wie idiotisch es ihm vorkommen müsse, falls ich es schon einmal gesagt hätte und ob ich es nicht zur Sicherheit lieber noch einmal wiederholen solle.

Dem Architekten schien nichts aufgefallen zu sein, war er doch immer noch damit beschäftigt, seinen Schweiß von der Stirn zu wischen. Die Aussprache funktioniert noch, dachte ich. Seltsamerweise waren die

Buchstabendreher verschwunden, seit wir fast ein gemeinsames Leben führten, indem wir zusammen aßen, so wie der Architekt übrigens auch mit dem Rauchen aufgehört hatte seitdem.

»Ich werde jetzt die letzten Arbeiten kontrollieren«, sagte er und schlurfte in die Wohnung. »Könnte ich vorher vielleicht einen Schluck Wasser bekommen?«

Wer so viel schwitzt, muss viel trinken, dachte ich und gab ihm ein Glas Leitungswasser. Wer schowilitzt, muss trinken.

»Was steht denn heute Leckeres auf dem Herd?« Er hob doch tatsächlich den erstbesten Topfdeckel.

»Na, hören Sie mal!«, sagte ich und drohte scherzhaft mit dem Zeigefinger, obwohl mir nach Lachen nicht zumute war.

Als er dann endlich die Küche verließ, um seine letzte Handlung im Rahmen unseres gemeinsamen Vertragsverhältnisses zu vollziehen, zerbrach meine kleine Welt in tausend Teile, die ich noch einen Augenblick zuvor mühsam versucht hatte zusammenzuhalten, soweit es ging. Ganz unerwartet lag sie nun wieder vor mir, die Zeit, die ich in Gesellschaft des Namors verbringen müsste. Keine Vorfreude mehr und keine Rezepte, kein Fachsimpeln über die Mauer …

Nicht einmal die neuen Kleider schienen jetzt noch einen Sinn zu ergeben.

Ich wurde wütend, packte die Töpfe und schüttete ihren Inhalt, einen nach dem anderen, hasserfüllt ins Klo.

Als der Architekt seinen Rundgang beendet hatte, saß ich, scheinbar seelenruhig, am Küchenfenster. Natürlich wollte ich meine Enttäuschung nicht zeigen.

Was geht es ihn an, dachte ich, wenn er mich so schmachlos sitzen lässt? Ich war gespannt auf seine Ausreden und seine Rechtfertigungsversuche, die ja nur kläglich ausfallen und in keiner Relation zu dem Schaden stehen konnten, den er auf dem Gewissen hatte. Mal sehen, rief ich mir zu, wie der sich aus der Affäre ziehen wird!

Schon an seinem schweren Atem hörte ich, dass er nicht mehr weit sein konnte. Wie ein Elefant stapfte er über das frischversiegelte Parkett. Später würde ich das edle Eichenholz auf Schrammen und Kratzer untersuchen.

»Ihr Zuhause!«, sagte der Architekt. »Wie besprochen.«

Er machte Anstalten, sich zu setzen, doch ich stand auf und erklärte fast hysterisch:

»Das wollen wir erst mal sehen! Sie denken vielleicht, Ihre Arbeit sei schon abgeloschen? Das ist sie jedoch erst, wenn ich es sage. Heute ist Abnahme, falls Sie sich erinnern!«

Während er sich vergebens nach den Töpfen umschaute und dabei seine rechte Augenbraue kaum merklich hochzog, machte ich mich daran, die ausgeführten Arbeiten zu begutachten. Wie ich enttäuscht feststellte, gab es keinen Anlass zur Mängelrüge, die ja eine Verlängerung unseres Vertragsverhältnisses bedeutet hätte. Wenigstens einen Aufschub, ein Moratorium, das die

Einsamkeit und die mir bevorstehende Aufgabe in weite Ferne hätte rücken lassen. Ich glaubte, meinen Ohren nicht zu trauen, als ich den Architekten doch tatsächlich fragen hörte: »Ich wüsste zu gerne, was Sie wohl schreiben werden.«

Das saß! Weg vom Namor hin zu den rettenden Töpfen bist du geflüchtet, hörte ich meine Stimme, doch mit einem Blubbern im Hintergrund – als wären die Worte in einen Whirlpool hineingerufen worden.

»Verraten Sie's mir?«, hakte er nach.

Vielleicht, dachte ich, fühlt es sich so an, wenn einem der Geduldsfaden reißt. Vielleicht ist es auch etwas anderes, denn auch dieses »Verraten Sie's mir?« klang nicht so, wie es wohl hätte sollen, sondern eher, als befände sich nun auch der Architekt unter Wasser. Eine Art Knalltrauma, vermutete ich, kein Wunder! Doch ich wollte mein Gesicht nicht verlieren. Seine Schwäche ist nicht meine, redete ich mir ein, von mir wird er kein Wort erfahren.

»Es gibt zwei Sorten Mensch«, antwortete ich stattdessen. »Geschichtenerzähler und Gebäudeentwerfer. Wie also sollte man sich da verstehen? Wie sollte der eine das Handwerk des anderen begreifen, dessen Ziele oder gar Träume? Wie viele Missverständnisse entstehen, nur weil einer dem anderen nicht zuhört. Besser gesagt, nicht zuhören will!«

Wieder war ich mir nicht sicher, ob ich dies alles wirklich ausgesprochen oder nicht doch nur gedacht hatte. Auf jeden Fall war ich froh, dass mir trotz der

Fülle der Worte kein einziger Buchstabendreher unterlaufen war. Der Architekt sah mich irritiert an.

»Ich schreibe nur für mich«, legte ich nach, »wie Sie zu vergessen haben scheinen. Machen Sie sich bloß keine falschen Hoffnungen.«

Als ich sah, wie sich die Augenbraue deutlich hob, erinnerte ich mich an den Tag, an dem mir der Mann das erste Mal begegnet war. Fast wäre ich schwermütig geworden, doch der Anflug von Melancholie unterdrückte sich von selbst.

»Verstehe.« Er zog sein Jackett mit beiden Händen zusammen, als wolle er es schließen, was bei seiner Leibesfülle und wegen der abgerissenen Knöpfe nicht möglich war. »Ich gehe davon aus, dass es nichts zu bemängeln gibt. Dann ist mein Auftrag hiermit erledigt.«

Er machte kehrt und ging Richtung Wohnungstür. Vielleicht erwartete er ein paar freundliche Abschiedsworte – oder womöglich die Aufforderung zum Bleiben. Wahrscheinlich jedoch war er einfach nur froh, hier endlich raus und nach Hause zu kommen, wo ihn die Gattin im Cocktailkleid empfangen würde. Unser gemeinsames Glück war nur auf Zeit.

»Wie finden Sie meine Brüste?«, hörte ich mich plötzlich fragen und wünschte, ich hätte meine Zunge verschluckt. Manche Menschen verschlucken ihre Zungen, bei epileptischen Anfällen zum Beispiel. Und während sie sozusagen ohnmächtig sind, werden die verkrampften Sprechorgane aus dem Hals herausgeholt, was seine Zeit braucht, so dass auf jeden Fall über die letzten Worte des Epileptikers, über das zuletzt und vor seinem

Anfall Gesagte, genügend Gras wachsen kann. Ich stellte mir einen sattgrünen englischen Rasen vor, während ich mich schämte, ich schloss die Augen und hörte sogar ein paar Vögel zwitschern. Rund um den Rasen standen wunderschöne Skulpturen im Sonnenschein.

»Sagen Sie mir Bescheid, wenn der Roman fertig ist«, flüsterte der Architekt und schloss die Tür.

TEIL DREI

1

So ein Roman ist doch kein Socken, den man strickt, wobei ich persönlich über das Stricken eines fast quadratischen Topflappens mit primitiven rechten Maschen mein Leben lang nicht hinausgekommen bin. Und wenn schon das Sockenstricken eine gleichermaßen körperliche wie intellektuelle Herausforderung darstellt, wie schwer erst muss einem dann das Schreiben eines Romans von der Hand gehen, der ja zuallererst im Kopf beginnt, wo sich die Gedanken, die verwirrten, nicht so recht bändigen lassen wollen, lebt man ja außer dem getippten Leben noch sein eigenes, lese ich in meinen Aufzeichnungen und wundere mich, dass das Schreiben jeder einzelnen Zeile doch tatsächlich vergleichbar ist mit dem Stricken eines fast quadratischen Topflappens: Masche an Masche setzen sich Silben zusammen und Wörter, die schließlich eine Reihe ergeben. Zeile an Zeile gestrickt werden sie irgendwann zu einer mehr oder weniger gebrauchsfähigen Einheit.

Seit der Architekt die Wohnung verließ, um nie wieder zurückzukehren, hatte ich mir angewöhnt, mir vor dem Schreiben ein kleines Schnäpschen zu genehmigen. Es heiterte mich auf, gab mir die notwendige Energie und ließ mich die Kälte vergessen. Versäumte ich, mal wieder ein Fläschchen vom Kiosk zu holen, begannen meine Hände seltsam zu zittern.

Der Namor entpuppte sich als frustrierend stockender Schreibprozess und das Gefühl der Einsamkeit ließ sich nicht mehr länger verdrängen. Ich spielte kurz mit dem Gedanken, die alten Freunde anzurufen, verwarf aber diese Idee gleich wieder, weil ich inzwischen doch all mein Geld in chinesische Fischfarmen investiert hatte und nun dem Großkapital angehörte. Schnaps ist Schnaps, dachte ich, und Bier ist Bier! Wozu mischen, was nicht zusammenpasst?

Der Tag wurde mir zu hell, obwohl doch das Licht der dunklen Jahreszeit nicht einmal das aufdringlichste war, zu hell jedoch für die Gedanken, die in erster Linie um den Namor kreisten. Allein in der Nacht waren sie frei und unbelastet. Wenn sie sich mit denen der anderen trafen, die sich auf die gleiche Weise quälten und vor ihrer Tastatur saßen, die auf ihre Eingebungen wartete, mit einer Geduld, wie sie nur Computern und anderen Lichtgestalten zu eigen ist. Ich zwang mich, sitzenzubleiben und erst dann wieder aufzustehen, wenn ich wenigstens etwas halbwegs Akzeptables zustande gebracht hätte. Die Gedanken spielten Fangen mit mir, doch ich war zu langsam. So erwischte ich nur die zuletzt gedachten, welche wiederum keine Logik ergaben. Schließlich änderte ich meine Taktik und erlaubte mir, nur um des Schreibens Willen die Datei zu füllen mit all dem, was da aus mir herausströmte, als habe es schon seit Jahrhunderten auf diesen Augenblick gewartet. Ich fühlte mich besser und produktiv, denn ein Blatt nach dem anderen quoll aus dem Drucker und landete auf dem schmutzigen Küchenboden.

Das A und O beim Schreiben ist das richtige Schuhwerk. Für den Fall, dass einem die Handlung entgleitet, ist der feste Boden unter den Füßen unerlässlich. Plant man eine Geschichte oder den Mord am Literaturagenten, braucht man Halt und ein selbstsicheres Auftreten, das wiederum durch die entsprechende Beschaffenheit des Schuhs – festes Leder, stabile Sohle und Schnürsenkel – forciert werden kann.

Vermeiden Sie chinesische Fabrikate! Der Dumpingpreis mag zwar Ihr Herz höher hüpfen lassen, doch die Freude dürfte nur von kurzer Dauer sein. Spätestens, wenn der Absatz bricht, setzt die sogenannte Ernüchterung ein, denn es liegt nicht in der Natur des Menschen, das fehlende Stück beim Gehen mit Hilfe des eigenen Körpergewichts auszugleichen. Dieses statische Problem lässt sich durch den Kauf guten, festen Schuhwerks vermeiden ...

Oder durch die Mitwirkung eines Architekten, dachte ich weiter, eines sogenannten Dipl.-Ing., der in erster Linie Ingenieur und dennoch Künstler sein sollte.

Welch fixe Idee! Es war an der Zeit, die Gedanken auf das Wesentliche zu konzentrieren, wie auf das Schreiben des Romans, der sich ja nicht zuletzt durch die Abwesenheit des Architekten so stark verändert hatte und einfach seinen Lauf nahm, obwohl ich von der Geschichte, wie sie hier stand, gar nichts wissen wollte. So ist das, wenn man einer Figur zu viel Raum gibt, wenn man sie sich verwirklichen lässt, als wäre sie eine lebendige Kreatur.

Sogar Weihnachten hatte ich verschlafen, vielleicht auch, weil ich dachte, dass es überflüssig sei wie der Architekt, dessen aktuelle Körpermaße mich doch brennend interessiert hätten. Einer plötzlichen Eingebung folgend betrat ich das Arbeitszimmer und setzte mich an den Schreibtisch. Von dort aus starrte ich auf die Mauer und wartete. Nichts passierte. Die Mauer stand da wie ein Fels in der Brandung. Ich ging auf sie zu, berührte sie und strich über ihre verputzte Oberfläche, die sich auf einmal ganz warm anfühlte. Dann ließ ich mich auf die Knie fallen, beugte den Oberkörper nach vorne, bis die Hände den Boden berührten und kroch mit eingezogenem Kopf durch die Tür in den Raum, der einst als Mauzversteck geplant worden war. Vor dem Fenster stand der Baum, aus dessen Ästen zartgrüne Triebe sprossen. Es war Frühling!

Die ersten Menschen hasteten eilig über den Bürgersteig, wohl auf dem Weg zur Arbeit, und ich sage die ersten Menschen, da ich schon lange keine mehr gesehen hatte, weil ich mich doch lieber den ganzen Winter über in meiner Wohnung vergraben hatte – unfreiwillig zwar, doch geschützt wie in einem Kokon. Die Gewohnheit hatte mich zu einem Maulwurf werden lassen, einer Untertagearbeiterin, die nichts zustande gebracht hatte, außer ein paar leerer Schnapsflaschen und den zusammenhanglosen Fragmenten eines Manuskripts, das einst als Bestseller geplant war.

Die Luft flirrte. Es roch nach Aufbruch und Lebenslust. Vielleicht lag es ja an der großen Werbetafel, auf der, statt der üblichen Models, heute das Foto eines Raumerfrischers abgebildet war.

»Versprühen Sie den Charme des Lavendels!«, stand auf dem Plakat, auf dem außer dem Flakon mit lila Etikett nichts zu sehen war.

Vielleicht, dachte ich, sollte ich später in einem Supermarkt unter Menschen gehen. Da fiel mir der Mann auf, der rechts neben der Plakatwand lehnte: Dunkler Anzug, graumelierte Haare, sogenannter südländischer Typ. Er fixierte mich, so intensiv und statisch, als würde er ein Loch in meine Stirn bohren wollen mit seinem Blick, dem ich nur standhielt, weil wir uns in relativ großer Entfernung voneinander befanden, so dass ich nicht einmal mit Gewissheit hätte sagen können, ob er tatsächlich mich im Visier hatte oder nicht etwa ein anderes Objekt.

Vielleicht, überlegte ich, starrt er ja auch nur Löcher in die Luft, wie wenn man einem Gedanken nachhängt und versucht, sich zu konzentrieren, obwohl man schon längst über den Zeitpunkt hinaus ist. Über den des plötzlichen, doch fast unmerklichen Abschweifens, des Den-Faden-Verlierens, also, über den Zeitpunkt, an dem die Konzentrationsschwäche mal wieder hinterlistig zugeschlagen hat und uns als geistige Schwachköpfe entlarvt.

Ich glaubte, ein Geräusch gehört zu haben. So ein Schnalzen mit der Zunge, das jedoch nur dann funktioniert, wenn man die eine Gesichtshälfte ausspart, vielleicht sogar die Zunge ganz herauslässt aus der Sache und eher die zum Beispiel linke Wange hin zum Ohr bewegt, so dass lediglich die hinterste Stelle des Sprechorgans leicht an die Backenzähne schlägt. Ich horchte. Und tatsächlich: Der Mann schnalzte mit der Zunge in meine Richtung.

Ich schloss das Fenster. Dann machte ich einen Schritt zur Seite, als verließe ich den Raum – nur um mich im nächsten Moment wieder heranzupirschen, bis ich glaubte, in einem Winkel zu stehen, von dem aus mich der Mann auf keinen Fall sehen konnte. Doch ich hatte mich verschätzt: Als ich von meinem Versteck aus auf die Straße schaute, stand er nicht mehr rechts neben dem Plakat, sondern links, mit lässig verschränkten Armen und einem dreckigen Grinsen im Gesicht. Ich beschloss abzuwarten und, sobald der Mann verschwunden wäre, hinauszugehen in den Frühling, zu den Menschen und in die Welt der Lavendeldüfte. Vorher jedoch würde ich meine Wohnung dem längst überfälligen Frühjahrsputz unterziehen und ein für allemal Ordnung schaffen.

Noch aus den letzten toten Winkeln quollen zerknüllte Blätter hervor – auf DIN-A4 vollgeschriebene Geschichten, unerfüllte Träume, mögliche Handlungsabläufe, versuchte Anfänge, Änderungen und Ergänzungen, seitenweise Korrekturen, stapelweise Absagen und auch Zusagen, die sich magischerweise in Absagen verwandelt hatten. Schließlich fand ich den Brief, den mir die Lektorin eines großen Verlages geschickt hatte, nachdem sie, durch eine Persiflage beleidigt, mir auch noch das Manuskript zurücksenden musste, das sie ursprünglich auf jeden Fall veröffentlichen wollte. Das

Paket mit meinem Text hatte ich ganz vergessen. Es lag wie ein Stachel unter dem Bett, von wo aus es sein Gift versprühte und mir die Luft zum Atmen nahm. Dazu der dreiseitige, von uns beiden unterzeichnete Vertrag mit dem Mauz, den ich zwar gekündigt hatte, jedoch inkonsequenterweise aufbewahrte wie eine Urkunde oder ein Relikt aus hoffnungsvolleren Zeiten. Ich warf den Papiermüll auf einen Haufen. Ich würde ihn entfachen eines Tages und ums Lagerfeuer tanzen wie eine Wilde! In meinem neuen Leben gab es keinen Platz für einen Mauz, geschweige denn beleidigte Lektorinnen, deren Humorlosigkeit einem auch noch den letzten Spaß verdarb.

Ich entschied mich für das schönste Kleid – lindgrün, wie die jungen Triebe des großen Baumes vor meinem Haus – und plante den Tag:
1. Lavendelduft kaufen
2. Friseurbesuch
3. unter Menschen gehen

2

Im Supermarkt ließ ich mich von den sinnlichen Eindrücken sphärischer Klänge, einem immer größer und überflüssiger werdenden Warensortiment und laut dröhnenden Monitoren hinreißen, bis ich mich am Ende für genoppte Gummikugeln interessierte, die den Weichspüler komplett ersetzen sollten, und für raffiniert verpacktes Langhaarkatzen-Luxusfutter. Als hätte ich eine ganze Epoche verschlafen, als gehöre ich einem fremden Kulturkreis an, in dessen Bewusstsein das Bedürfnis nach derart perfektionierten Produkten noch nicht verankert war. Unterentwickelt wie der erste Mensch kam ich mir vor beim Anblick von aufblasbaraufheizbaren Papilloten, doch dann stutzte ich angesichts eines roten Einstecktuches, das sich über eine Wassermelone beugte, welche nach Strich und Faden befingert und beklopft, letztendlich aber wieder zurückgelegt und gegen eine andere, etwas kleinere eingetauscht wurde. Der Architekt! Einen Tick schlanker, wenn ich mich nicht täuschte, doch, wie ich aus seinem Einkaufswagen schloss, kulinarischen Genüssen nach wie vor nicht abgeneigt. Mein erster Reflex wurde gerade noch rechtzeitig gestoppt – und zwar durch vier Worte, die aus den Lautsprechern des Supermarktes zu dröhnen schienen und ausgerechnet mich als disziplinlosen Menschen identifizierten:

»Was werden Sie schreiben?«

Wie ein Echo hallte der Satz in meinen Ohren nach und in meinem Kopf, als ich den leeren Einkaufswagen hektisch durch die Kasse schob und vor dem Supermarkt stehen ließ, um kurz darauf über den Parkplatz zu flüchten.

»Der Namor muss geschrieben werden«, rief ich in die laue Frühlingsluft, voller Hoffnung und Angst und ich beschloss, die beiden letzten für heute geplanten Punkte *Friseurbesuch* und *unter Menschen gehen* zu verschieben – auf einen Tag, der weniger aufregend war als jener.

Obwohl der Leibhaftige hinter mir her war, in Form des Namors, dessen Entstehung und Vollendung zu meiner fixen Idee geworden war, stolperte ich nur langsam durch die Straßen, die ich teilweise nicht wiedererkannte, da man in unserer Stadt stets das Pflaster aufriss, um neue Schienen für die nächste, noch breitere Straßenbahngeneration zu verlegen – auf dass sie mit ihrem Oberleitungsgeheule an unseren Schlafzimmern vorbeifahren und uns der wohlverdienten Nachtruhe berauben möge! Oder an unseren Arbeitszimmern, ob mit oder ohne Mauer, ob improvisiert in einer Küche oder als separates Büro, das man sich gönnte, in der Hoffnung, dort ungestört etwas aufs Papier zu bringen. Mindestens hundert Baustellen weiter blieb ich unter einem Baum stehen und fragte mich, wovor ich eigentlich weglief, da doch mein Leben und somit der Namor in meinen eigenen Händen lag, was ein Flüchten schier unmöglich, ja sogar lächerlich machte!

Wer ist schon dazu in der Lage, den eigenen Kopf auszuschalten und all das Denken, die Sehnsüchte, Wünsche und Ziele aufzugeben? Auch wenn man sie überlagerte, mit ätherischen Lavendeldüften etwa, auch dann waren sie nur betäubt – für einen Bruchteil der Zeit, die einem noch blieb.

Weglaufen also war nicht die Lösung. Doch wie sollte ein solches Projekt in die Tat umgesetzt werden? Einen ausgebufften Agenten in die Falle locken! Bereits der erste Schritt, also das Fangen des Mauz, erschien mir kaum realisierbar, hatte doch ich den Vertrag mit ihm gekündigt, in einer hochmütigen Form sogar, die es ihm nicht mehr möglich machte, mir zu begegnen, ohne sein Gesicht zu verlieren. Warum sollte sich der Mauz in ein halbiertes Zimmer sperren lassen, als wäre er ein Hirnloser, als wäre er nicht ganz gescheit, denn dass der Mauz gerissen war, bewiesen ja schon die unzähligen Flaschen Antikwachs, die er auf seine charakterlose Art erworben hatte.

Die einzige Chance, sich vor solchen Parasiten zu schützen, notierte ich auf einem Zettel, *ist die bedingungslose Distanz.*

Glücklich zu Hause angekommen an diesem wunderschönen Frühlingstag, in den ersten Sonnenstrahlen, dem Flirren und zwischen all den gutgelaunten Menschenmasken, die das Böse auf so angenehme Art und Weise tarnten. Glücklich, obwohl nicht so ganz zufrieden mit dem inkonsequenten Umsetzen der vielleicht etwas voreilig gefassten Pläne.

Zu viel vorgenommen, beruhigte ich mich milde, das kann nur zum Scheitern führen. Kein Lavendelduft und auch nicht direkt unter Menschen gewesen, dachte ich stichpunkthaft, als notiere ich das Wichtigste des Tages in einen imaginären Kalender. Dafür eine bestimmte Person gesehen, wenn auch nur flüchtig, deren Anwesenheit einem mehr als recht gewesen wäre, hätte sie in einem anderen Rahmen stattgefunden, eine Anwesenheit, die sich dann wie beiläufig in eine von beiden Seiten erfreuliche Begegnung hätte verwandeln können. Der Architekt, wie er leibt und lebt – dasselbe Sakko, doch die Knöpfe wieder angenäht.

Da der Tag, trotz seiner nicht realisierten Erledigungen und des Nichterreichens der geplanten Ziele, mir relativ ereignisreich erschien, beabsichtigte ich, wieder an meinen Schreibtisch zurückzukehren, um, wie man so schön sagt, ans Werk zu gehen.

3

Mit einer Mauer vor dem Kopf, schrieb ich, *lebt es sich anders. Das abgetönte Weiß bietet die optimale Projektionsfläche für Wünsche, Träume und Geschichten. Auch wenn ich den Mauz niemals wirklich eingesperrt habe, steckt er doch in meiner Phantasie so manches Mal hinter der Mauer und es bedarf keines nochmaligen schriftlichen Festhaltens des ganzen Ablaufs, der so spektakulär nun auch wieder nicht ist. Gerade heutzutage nicht,* setzte ich nach, *wo doch oft genug Menschen eingesperrt werden. Als handele es sich um eine geschmacklose Modeerscheinung, als verdrängten die Beteiligten, worauf sie sich überhaupt einlassen und wen sie da eigentlich aufnehmen in ihre ureigenste Privatsphäre.*

Plötzlich musste ich an den Wohnraum des Mauz denken, der aufgrund seines maßlosen Geizes in, wie man sagen würde, eher lebensunwürdigen, ja beinahe lebenswidrigen Umständen hauste, auf die ich zwangsläufig aufmerksam wurde an jenem Tag, an dem ich ihn in seiner sogenannten Literaturagentur aufsuchte.

»Mein Büro liegt in Eimsbüttel«, *hatte er gesagt, als handele es sich dabei um einen elitären Ort, der Normalsterblichen nicht zugänglich ist, und hatte mit einer gewissen Arroganz in der Stimme* »Monetastraße« *hinzugefügt. Vom U-Bahnhof Schlump war es ein Katzensprung…*

Ich wunderte mich selbst, auf dem Monitor das Wort Katzensprung zu lesen, sind doch Katzen die von mir verhasstesten Tiere – und der Gedanke, solch eine Kreatur auch noch springen sehen zu müssen, jagte mir Schauer über den Rücken.

Das Haus war der klassische Altbau mit einer Ladenwohnung unten links, einem Lampenladen genau genommen, in dessen Schaufenster ein paar geschmacklose Leuchten hingen, die sich durch den dahinterstehenden Spiegel verdoppelten.

Schon auf den ersten Blick entdeckte ich das Klingelschild »Literaturagentur Mauz« und ich erinnere mich daran, wie seltsam ich diesen Namen fand, und dass ich mich über den Vermittler nur noch wundern konnte, welcher doch trotz seines lächerlichen Namens sich fast schamlos in den Mittelpunkt drängte, und zwar genau ins Zentrum der zerkratzen Messingtafel, auf der auch noch üblichere Namen standen wie Jacke, Asslig und Schulz.

Gerade, als ich fortfahren wollte mit den lebenswidrigen Umständen im verkommenen Wohnbüro des Mauz, klingelte es plötzlich an meiner Tür.

Nicht hingehen und weiterschreiben, sagte ich mir. Doch wenn es der Architekt wäre, der vielleicht ein wichtiges Detail übersehen hatte? Die fehlende Statik der Mauer zum Beispiel, wie er erst jetzt, beim nachträglichen Rekapitulieren der Pläne feststellte? Mit klopfendem Herzen riss ich die Tür auf – und wurde beinahe geblendet, denn in dem zu einem breiten Lächeln geöffneten Mund mir gegenüber befanden sich nicht nur zwei, sondern gleich eine ganze Reihe goldener Zähne.

Ein Vermögen, schoss es mir durch den Kopf, das einige da mit sich herumschleppen statt des tonnenschweren Päckchens, das so manch anderer zu tragen hat.

»Bei mir gibt's nichts zu flicken«, rief ich. »Weder Töpfe, Kessel noch Bratpfannen. Und ich habe auch keine Messer zu schleifen.«

»Gestatten Sie mir eine Frage, Madame?«

Jetzt erst erkannte ich ihn wieder, es war der Typ von der Straße, der im dunkelblauen Nadelstreifenanzug.

»Darf ich Ihnen dieses Bouquet ieberreichen, als Symbol meiner aufrichtigen Zuneigung und Wertschätzung?«

Meine Nase tauchte ein in ein Meer aus dunkelroten Rosen, deren formvollendete Blätter schimmerten, als seien sie aus Samt. So einen verführerischen Duft hatte ich wohl mein Leben lang noch nicht eingeatmet. Er verschlug mir die Sprache und schien meine Sinne zu vernebeln, die möglicherweise auch schon vorher nicht ganz klar waren.

Der Mensch, der sich nicht zusammenreißt, ist verloren, meldete sich mein Verstand zurück.

Ich nahm den Blumenstrauß, drehte mich um und wollte in der Wohnung verschwinden, aber ich hatte die Rechnung ohne den Wirt gemacht: Ein weißer Mokassin steckte in der Tür.

»Hilfe!«, schrie ich laut, doch der Messerschleifer hielt mir den Mund zu.

»Was schreist denn wie am Spieß?«, fragte er. »Es tut dir doch keiner was! Ich, Roma Radomil, bin ein friedliebender Mensch.«

Und zum Beweis der Wahrhaftigkeit seiner Worte öffnete er den breiten Mund und trällerte fröhlich:

»Lass die Sonne in dein Herz hinein.« Dann zuckte er mit den Schultern und verschwand.

Jeder normale Mensch hätte nun einfach weitergeschrieben, seinem Lauf seinen Lauf gelassen und die sogenannte Gunst der Stunde genutzt. Mich dagegen brachte die Begegnung mit Roma Radomil völlig aus dem Konzept, so dass ich mir in die Hand biss, damit sich der Schrei löste, der in meiner Kehle feststeckte wie ein Frosch oder ein viel zu großes Stück Knödel – ein Gierknödel, den man heruntergeschlungen hatte, als die Augen mal wieder viel größer waren als der Schlund.

Ich kroch durch die Tür und bemerkte den Baum, dessen lindgrüne Blätter gewachsen waren und aus dessen Zweigen nun kleine weiße Knospen sprossen. Das Leben war schön! Ich atmete tief durch, zwang mich zu einem breiten Grinsen und ließ meinen Blick weiterwandern. Vor der Plakatwand, auf der ein schwarzes Korsett mit viel nackter Haut abgebildet war, schritt, hektisch rauchend, ein dunkelblauer Nadelstreifenanzug hin und her. Dieser hielt einen sogenannten Pilotenkoffer in der linken Hand, den er auf das Trottoir stellte, danach wieder aufhob, um mit ihm ein paar Schritte zu laufen, das Gepäckstück schließlich erneut abstellte, um es dann wieder ein paar Meter mit sich herumzutragen. Dabei murmelte der Anzug vor sich hin, als schimpfe er, vielleicht auch, als habe er jegliche Hoffnung verloren.

Ich hatte vergessen, die Rosen ins Wasser zu stellen. Sie lagen noch auf dem Küchentisch, die Blüten bereits kahl. Geiz ist die Geißel der Menschheit! Der Ärger über dieses offensichtliche Schnäppchen und das Abwerten meiner Person bei gleichzeitigem Für-Dumm-Halten derselben, ließ meine schriftstellerischen Ambitionen wieder zurückkehren:

Vor dem Haus des Mauz drückte mein Zeigefinger auf die in der Mitte platzierte Türklingel. Da mir der Mauz von seiner »florierenden, einflussreichen Agentur« erzählt hatte, ja sogar von »der renommiertesten der gesamten Republik«, sah ich es als etwas äußerst Natürliches an, diesen erfolgreichen Betrieb doch einmal höchstpersönlich unter die Lupe zu nehmen. Das Beste wäre doch, so mein Plan, den Mauz während seiner Arbeit anzutreffen, ihm also bei den die Literaturvermittlung betreffenden Aktionen über die Schulter schauen zu können. Laut seinen Schilderungen begann er schon sehr früh morgens und hielt sich die Spätnachmittage und Abende für Termine mit Autoren und Verlegern frei.

Es war bereits kurz nach neun. In der Literaturagentur Mauz herrschte wahrscheinlich betriebsames Durcheinander. Ich stellte mir vor, wie der Mauz als Leiter der Agentur von einem Telefon zum anderen rannte, um mit Verlagschefs über Honorare zu diskutieren und diesen oder jenen Autor verkaufsfördernd anzupreisen und hochzuloben – in Wahrheit nur, um damit seine eigene Provision drastisch in die Höhe zu treiben, was durchaus legitim ist, bei all der Arbeit und dem Stress, wie ich, schon ein bisschen aufgeregt, dachte.

»Mauz?«, fragte der Hauswart. »Der wohnt im Hinterhof.« Er führte mich durch einen heruntergekommenen

Vorderhausflur und entließ mich in den linken Seitenflügel. »Erster Stock«, sagte er grinsend.

In immer kürzer werdenden Intervallen klingelte ich an der Wohnungstür, hatte ich mich doch frühmorgens auf den Weg aus meiner überschaubaren Stadt ins aufregende Hamburg begeben, um den erfolgreichen Agenten zu treffen, der mich in Kürze zu einem gefeierten Literaturstar machen würde. Als meine Geduld schon fast am Ende war, öffnete sich die Tür und ein völlig verquollener Mauz lallte: »Ja bitte?«

Seltsamerweise trug er einen langen, weißen Kaftan, der so gar nicht zu einem knallharten Geschäftsmann passte.

Ich sagte dem Mauz, wer ich sei und erinnerte ihn an unser vertragliches Verhältnis. Ich schilderte ihm meinen Wunsch, ihn einmal persönlich kennenzulernen – und zwar in seiner natürlichen Geschäftssituation.

»Bei der Vermittlung unverlangter Manuskripte durch einen echten Profi«, wie ich schmeichelnd hinzufügte.

»Sie kommen äußerst ungelegen«, sagte der Mauz. »Da es sich bei meiner Agentur um eins der renommiertesten, was sag ich, DAS renommierteste Unternehmen auf diesem stark umkämpften Sektor handelt, erklären sich permanente Termine und Zeitmangel von selbst. Sie entschuldigen mich!«

Er wollte mir doch tatsächlich die Tür vor der Nase zuschlagen, doch so schnell sollte er mich nicht loswerden:

»Dürfte ich bitte Ihr WC benutzen?«

Er sah mich böse an.

»Es funktioniert nicht. Fragen Sie doch den Hauswart, ob er Ihnen weiterhelfen kann.«

Mein Schreibfluss wurde erneut von einem penetranten Klingeln unterbrochen, das mich vom Arbeitstisch aufspringen und zum Fenster laufen ließ. Sicherlich ein Streich.

Wer sich heutzutage noch mit derart langweiligen Provokationen aufhält, wunderte ich mich. Soll doch die Welt insgesamt grausamer geworden sein.

»Bitte, lassens mich rein«, flehte Róma Radomil und fuchtelte mit seinem Pilotenkoffer. »Ich werd Ihnen alles erklären.«

4

»Sehen Sie, was Sie angerichtet haben«, warf ich Roma Radomil vor, der meinen frisch aufgebrühten Tee aus zittrigen Händen trank.

»Die können Sie gleich wieder mitnehmen!«

»Was hast mit den Rosen gemacht?«

Er setzte seine dicke Hornbrille auf und nahm eine der Blumen, um sie fachmännisch zu betrachten.

»Vielleicht«, sagte er, »hast ja den bäsen Blick. Schon mal daran gedacht?«

Und als er mich so anschaute und mir diese absurde, ja an den Haaren herbeigezogene, vollkommen verrückte Frage stellte, fühlte ich mich ertappt und somit unweigerlich schuldig. Gleichzeitig entdeckte ich in den Augen des Roma Radomil ein seltsames Funkeln oder Blitzen, das diesen absurden Gedanken sofort ins Gegenteil verkehrte und mich zu der Annahme veranlasste, dieser Mann sei von einer ungeheuerlichen Schlechtigkeit. Und je weiter ich mich von diesem Gedanken treiben, ja verführen ließ, desto intensiver schien ich dessen Beweis in meinem Innersten zu spüren. Ich glaubte sogar, die Gewissheit zu haben, dass es sich bei Roma Radomil um kein menschliches Wesen handelte, sondern um den Teufel in Person, der sich unter dem Vorwand des Durstes in meine Wohnung eingeschlichen hatte. Und das ausgerechnet zu einem Zeitpunkt, an dem ich mich im höchsten Schaffensprozess befand!

»Acht Komma drei Dioxin. Fienfzigprozentige Weitsichtigkeit.« Er nahm seine Brille ab und blinzelte. »Ich sehe nur in die Ferne. Das Unmittelbare verschwimmt vor meinen Augen, so wie ich dich nun, ohne meine Brille, eher als vages Gebilde wahrnehme, als ein Schattenwesen sozusagen, da ich phasenweise auch unter Farbblindheit leide. Hauptsächlich jedoch, wenn ich ieber einen längeren Zeitraum nichts gegessen habe. Dann werden alle zu Silhouetten, dann werden alle gleich und nichts spielt mehr eine Rolle.« Er lächelte: »Hast vielleicht einen Snack da?«

Die Art und Weise, wie Roma Radomil das Hähnchen verzehrte, besser gesagt, die durch elektrisches Bad getötete Kreatur, deren gerupfter Kadaver einige Minuten zuvor noch am Wagen des zwielichten Happy Jack seine Runden gedreht hatte – genau in der Mitte gepfählt, was beim Menschen einer Leichenschändung gleichgekommen wäre – diese doch etwas gewöhnungsbedürftige Essart, führte ich auf die Herkunft meines Gastes zurück und die Tatsache, dass in dessen Kultur Massenhaltungshühner eher die Ausnahme waren.

In seiner Kultur, dachte ich, organisiert man sich Hühner anderweitig. Das Wort Hühnerdieb kam mir in den Sinn und solch einem gestohlenen Huhn wäre wahrscheinlich ohne langes Zögern, geschweige denn Mitgefühl, der Kopf in Windeseile abgeschlagen worden, noch bevor das Huhn in Todesängste hineingeraten, noch bevor in ihm überhaupt irgendeine Ahnung bezüglich der Vergänglichkeit hätte aufkommen können.

Das Leben des Huhns ist ein kurzes, überall auf der Welt. Es wird zum Sterben geboren, wie auch wir, wobei das Huhn jedoch, gut gewürzt, einen unwiderstehlichen Geschmack hat, was auch Roma Radomil festgestellt zu haben schien. Seine mit klobigen Siegelringen bestückten Finger tauchten tief in den Körper des Flügelviehs ein und rissen ihm öltriefende Stücke heraus, die er mit seinen goldenen Zähnen gierig von den Knochen löste.

»So ein Huhn«, sagte er mit glänzenden Lippen, »ist eine Gottesgabe. Das darfst nie vergessen.«

Zur Sicherheit schob ich ihm noch eine zweite Serviette rüber, bevor ich fortfuhr, mit meinem kultivierten, um nicht zu sagen manierierten Besteck etwas Fleisch aus dem Ganzen zu lösen, was mir mehr schlecht als recht gelang.

»So ein Huhn«, sagte Roma Radomil und strich sich über den Bauch, »ist unverzichtbar, wenn's um die Ernährung des Menschen geht.«

Ich legte Messer und Gabel zur Seite, war ich doch durch das Nicht-Ablösen-Können des Fleisches in einen Zustand äußerster Erregung, Verärgerung und Erschöpfung geraten. Hätte man das Hähnchen gegessen wie Roma Radomil, wäre es sicherlich besser von der Hand gegangen.

Kultur macht nicht satt – auf diesen Nenner konnte ich meine neuesten Erkenntnisse bringen.

Bei der Begegnung mit diesem seltsamen Vogel hatte ich mich auf ein regelrechtes Abenteuer eingelassen, als er vor meiner Tür stand wie ein Häufchen Elend, mit dem Pilotenkoffer in der Hand. Jener hatte meine Neugier geweckt. Der Koffer wohlgemerkt, nicht dessen Besitzer, der in meinen Augen längst zum alten Eisen gehörte. In die Kategorie der Gehhilfen- und Rollatornutzer nämlich, die die Warteschlangen an den Kassen der Supermärkte verstopfen und vor deren Anblick einem graust, erinnert er doch nur an die eigene bevorstehende Gebrechlichkeit. Nein, vom Elend der Alten wollte ich nichts wissen, doch der Koffer ließ mich nicht los – und sein Geheimnis galt es, endlich zu lüften.

»Hast noch ein Dessert?«, fragte Roma Radomil und leckte sich die Finger ab.

Vor Menschen, die sich nach dem Essen die Finger ablecken, ekelt mich, es ist eine Unart, dieses Schmierige-Finger-Ablecken, um hinterher womöglich jemandem die Hand zu schütteln. Menschen, die sich die Finger ablecken, sind zu allem fähig. Zuerst lecken sie sich die Finger ab, später klauen sie Hühner und am Ende landen sie im Knast, weil sie einen Menschen aufgegessen haben.

Am Anfang wirkt alles harmlos, dachte ich, doch hinterher sind alle schlauer.

»Am besten wär Karamellpudding!«

Nun blitzten Roma Radomils Zähne auf, funkelnd und glitzernd. Wer, wenn nicht ein Abartiger, konnte beim Gedanken an einen Karamellpudding dermaßen frohlocken, mit einer gierigen, ja lüsternen Freude an diese ockerfarben-wabbelige Masse denken, die er sich einverleiben würde, um hinterher seine karamellisiert-klebrigen Finger abzulutschen. Jeden einzelnen!

»Tut mir leid«, antwortete ich triumphierend. »So etwas gibt's bei mir nicht.«

Draußen wurde es schon wieder dunkel.

»Langsam wird es Zeit«, sagte ich mit demonstrativem Blick auf meine Armbanduhr. »Ich habe noch zu tun.«

»Was hast denn zu tun?«, fragte Roma Radomil, offensichtlich enttäuscht über das Ausbleiben der Nachspeise.

»Dieses und jenes«, wich ich aus. »Was man so zu tun hat.«

»Hast Arbeit?«, fragte Roma Radomil und machte keine Anstalten zu gehen.

»Ich sitze an einer Recherche«, log ich.

»Arbeitest als Reporterin?«

Er holte einen Joghurt aus dem Kühlschrank: »Ich darf doch? Arbeitest für den Rundfunk?«

»Nicht direkt«, versuchte ich mich, aus der Affäre zu ziehen: »Eine eher wissenschaftliche Arbeit.«

Er setzte den Becher an seinen Mund und leerte ihn in einem Zug. Kopfüber!

»Ahhhh, Erdbeer!«

Zum Schluss leckte er auch noch den Aludeckel ab.

»Kästlich! Eine wissenschaftliche Arbeit also. Darf man fragen, zu welchem Thema?«

Ich hatte es schon längst bereut, weich gewordenen zu sein, hätte mich ohrfeigen können für diese undurchdachte Dummheit, die nur einer Idiotin passieren konnte: Einem Fremden Zugang verschaffen in die eigenen vier Wände und somit in die eigene Existenz – um ihn womöglich nie wieder loszuwerden!

»Nun muss ich aber wirklich.«

Ich erhob mich vom Küchentisch und warf kurzerhand die Reste der gequälten und von uns Barbaren verzehrten Hühner in den Mülleimer. Roma Radomil sah mir zu.

»Aus den Knochen«, sagte er, »hätt man noch eine fette Briehe kochen kännen. Hiehnerbriehe. Was Besseres gibt's nicht bei Erkältung. Kannst dir merken!«

»Nun muss ich mich aber wirklich beeilen«, drängte ich, »je länger die Pause, desto größer die nachfolgende Disziplinlosigkeit. Und wahrscheinlich wartet man auch schon längst auf Sie.«

»Keine Bange«, wehrte Roma Radomil fröhlich ab, »da wartet schon keiner. Arbeitest hier am Kiechentisch?«

Obwohl sich alles in mir sträubte, hatte ich das Gefühl, ich müsse ihm mein Schreibzimmer zeigen. Als Gegenleistung würde ich dann nach dem Inhalt des Koffers fragen, unauffällig, denn Roma Radomil, das spürte ich, war keiner fürs Plumpe.

»So eine Mauer mitten im Zimmer hab ich ja noch nie gesehen.« Er sah mich mitleidig an. »Und so was hast mieten miessen? Hat's keine andere Wohnung geben?«

»Man kann sich nicht alles im Leben aussuchen«, antwortete ich beschämt.

Er kroch durch die Tür.

»Hier kannst ja färmlich in Klausur gehen«, rief er begeistert aus dem Nebenraum, »und den ganzen Tag auf den Magnolienbaum gucken. Komm rieber und schau selbst!«

Eigentlich hatte ich keine Lust, mich noch länger von ihm aufhalten zu lassen, andererseits wollte ich wenigstens das Geheimnis seines Koffers lüften, denn langsam versagte auch diesbezüglich meine Phantasie, hatte ich mir doch alles Mögliche darin vorgestellt: Hühnerkrallen, Voodoo-Puppen oder ein Miniaturschleifblock für alt und stumpf gewordene Dolche.

Die weißen Knospen am Baum waren zu riesigen Blüten gewachsen, noch geschlossen zwar, doch nach ein paar Sonnentagen würden sie sich schon öffnen.

»So ein Baum«, flüsterte Roma Radomil, »ist doch ein Geschenk der Natur. Und bei diesem handelt es sich um einen ganz besonderen.« Er sah mich geheimnisvoll an. »Ein Wunschbaum. Hast einen Wunsch, so mach ihn jetzt. Aber du darfst ihn niemandem verraten.«

Dürfte ich mir etwas wünschen, dachte ich, so würde sich Roma Radomil auf der Stelle in Luft auflösen, sozusagen neutralisieren. Nur der Koffer, der könnte bleiben.

»Und glaub mir«, sagte er, »du hast nur einen Wunsch! Alle anderen, die danach folgen, werden als ewige Sehnsucht in deinem Herzen bleiben.«

Als er dies aussprach, fühlte ich seine Worte wie eine Drohung in meinem Bauch, und das, obwohl er mich dabei so freundlich ansah.

»Und?«

»Mir fällt keiner ein«, log ich, »ich scheine wunschlos glücklich zu sein.«

»Aber da wird's doch irgendetwas geben«, drängte er. »Jeder Mensch hat einen Herzenswunsch!«

Plötzlich sah ich mich in einer großen Buchhandlung, umringt von lauter kultivierten Menschen, die den weiten Weg gemacht hatten, um mein handsigniertes Werk zu ergattern, für das sie stundenlanges Warten gern in

Kauf nahmen. Dummerweise leerte sich gerade die Patrone meines Füllfederhalters, weswegen ich nur noch einen einzigen Fan mit meinem Autogramm beglücken konnte. Doch wen aus der Masse dieser mir unbekannten Menschen begünstigen, deren Ohren an meinen Lippen hingen, wie ihre Augen an meinen erst geschriebenen und dann gedruckten Worten? Ich seufzte tief.

»Siehst«, lächelte Roma Radomil zufrieden, »hab ich's doch gesagt.«

Langsam kam ich wieder zu mir. Und mir fiel ein, dass dieser Wunsch nach dem ersten, nämlich der Komplettneutralisierung des Roma Radomil, nur der zweite gewesen war und deshalb als unerfüllte Sehnsucht enden würde.

Fauler Zauber, wollte ich denken. Doch mir war, als habe Roma Radomil meine Gedanken lesen und die Bilder in meinem Kopf sehen können – das erste und auch das zweite. Und ich ahnte, dass er sich vor mir verstellte und nur so tat, als wisse er von nichts, stattdessen jedoch in mein Innerstes, in meine intimste Gedankenwelt schauen und sich in meinem Gehirn bewegen konnte wie ein Bazillus, der es völlig durcheinander brachte und höchstwahrscheinlich am Tage des Jüngsten Gerichts mit einem tödlichen Virus infizieren würde.

Und dies wäre noch das kleinste Übel, dachte ich. Schlimmer, viel schlimmer wäre der Zustand des Wahnsinns, in den mich Roma Radomil treiben könnte, wann immer er wollte.

»Bevor ich gehe«, riss er mich aus meinen wirren Gedanken raus, »mächt ich dir noch etwas zeigen.«

Er holte seinen Koffer und öffnete ihn. Darin lagen, sorgsam gefaltet und geordnet, ein hellblauer Pyjama, eine Zahnbürste, ein Wollpullunder, zwei weiße Hemden und eine kratzige Anzughose, Unterhemden, Boxer-Shorts, außerdem ein alter Kamm aus Perlmutt und ein sogenannter Kulturbeutel, den ich im Zusammenhang mit Roma Radomil gerne umbenannt hätte. Er hatte die Sachen einzeln auf meinen Küchentisch gelegt. Sie dufteten nach Weichspüler.

»Das ist alles, was ich besitze«, murmelte er, »ich habe nicht mal ein Dach ieberm Kopf.«

Was mich in jenem Moment geritten hatte, ist mir auch heute noch mehr als schleierhaft. Doch mit Roma Radomil verhielt es sich wie mit den Protagonisten, denen man durch eine Unkonzentriertheit Eintritt verschafft hat in die Erzählung, in der sie sich dann tummeln und nach Herzenslust schalten und walten, bis ihnen dieses eigenmächtige Handeln in den Kopf steigt und ihr Übermut zwangsläufig zu Taten führen muss, die sich außerhalb der Kontrolle des Autors befinden. Natürlich hält sich der Schaden bei erfundenen Geschichten in Grenzen, mindert er doch höchstens deren Qualität oder verbessert sie sogar.

Doch im wahren Leben könnte so ein Außer-Kontrolle-Geraten eine unerwartete Wendung beziehungsweise einen irreparablen Schaden zur Folge haben. Und ich wunderte mich, wie mir die Situation dermaßen entgleiten konnte, dass ich doch tatsächlich und ungefragt »Ja« sagte, erst zu mir in Gedanken, dann zu Roma

Radomil, den ich einlud, ein paar Nächte zu bleiben und mein Gast zu sein.

Wie ich ausdrücklich betonte, wäre es mir sogar eine große Ehre, denn Gastfreundschaft, so fühlte ich in jenem Moment des Schwachwerdens, sei das oberste Gebot eines kultivierten Menschen.

Dem Fremden die Türen öffnen und dem, der Mangel leidet, geben, hörte ich eine innere Stimme, die meine nicht sein konnte, hatte ich doch mein Leben seit jeher auf Selbstverwirklichung ausgerichtet und war dabei bis zum Äußersten gegangen.

»Das kann ich nicht annehmen«, hatte Roma Radomil geantwortet: »Auch wenn ich's gern mächte.«

Durch diese Bescheidenheit provoziert, ja geradezu angestachelt, hatte ich plötzlich nur noch ein Ziel, das ich unbedingt erreichen musste, und zwar Roma Radomil bei mir aufzunehmen, koste es, was es wolle. Wie ich bereits festgestellt hatte, war dieser Mann keiner fürs Plumpe, stattdessen ein eher feinfühliger Feingeist – feingliedrig dazu, wie mir erst in dem Moment und beim Anblick seiner ganzen Erscheinung auffiel. Diesen sensiblen Menschen konnte, ja durfte man nicht einfach versuchen zu überreden, was ihn sicherlich in seinem Stolz verletzt hätte. Ihm musste man ein Angebot machen, eine Art Geschäft vorschlagen oder einen Handel, aus dem er hocherhobenen Hauptes hervorgehen konnte, ohne in die Position eines Bittstellers zu geraten.

So fragte ich ihn, ob er mir vielleicht zur Hand gehen könne. Ich hätte da noch einige Arbeiten zu verrichten, die von einem gewissen Baumeister trotz korrekter Beauftragung und Entlohnung nicht fachgerecht fertiggestellt worden waren.

»So ist das mit den Architekten«, schimpfte ich, um die Problematik der Situation zu betonen, »braucht man sie, sind sie verschwunden.«

Ob es sich denn um schwierige handwerkliche Tätigkeiten handele, wollte Roma Radomil wissen, und ob ich vielleicht einen Bügel hätte für seine Anzughose, da er beim Tragen derselben äußersten Wert lege auf die korrekte Herausbildung einer genau in der Mitte platzierten Falte.

»Wurde die Hose einmal zerdrieckt«, klärte er mich auf, »ist sie nicht mehr zu retten.«

»Auch so etwas habe ich«, sagte ich glücklich und insgeheim darauf hoffend, ihm mit dem vorhandenen Bügel einen weiteren Grund für sein Bleiben zu geben.

»Fühlen Sie sich wie zu Hause!«

5

Befindet sich der Mensch in einer neuen Umgebung, muss er sich an diese erst einmal gewöhnen, dachte ich und beschloss, Roma Radomil weitestmöglich in Ruhe und ihm so seinen eigenen Rhythmus zu lassen, wie auch ich mich trotz seiner Anwesenheit von meiner Hauptaufgabe, dem Lebenswerk Der Namor, nicht abhalten lassen würde, auch wenn es zuerst vielleicht den Anschein hatte.

Jeden Tag eine Seite, hatte ich mir als neuestes Ziel gesetzt. So konnte ich mir ausrechnen, beim geplanten Umfang von 365, nach genau einem Jahr fertig zu sein.

In 52 Wochen, dachte ich, wirst du das Manuskript an einen Verlag senden, der es lektorieren, layouten und mit einem hübschen Cover versehen wird.

Auf die Frage, wo er denn schlafen werde, zeigte ich Roma Radomil meine geräumige Wohnung. Zweihundertfünfzig Quadratmeter, die ich nach dem Lotteriegewinn zur Umsetzung meiner Rachepläne angemietet, jedoch nie vollständig genutzt hatte.

Wie sollte man auch als Einzelner in solch großzügigen Freiräumen verweilen können, ohne Angst zu kriegen, die der Panik im menschenleeren Schwimmbecken ähnelt, in dessen Weiten der Aufenthalt beziehungsweise die Bewegung einem Hochgenuss gleichkommen müsste – doch nur theoretisch und von außen betrachtet. Befindet man sich erst mal drin, zwingt einen das Gefühl wachsender Bedrohung, den zu einem Ort des Schreckens gewordenen Pool so schnell wie möglich wieder zu verlassen.

Aus dem gleichen Grund hatte ich seinerzeit auch sofort reagiert, indem ich ein paar Tage nach dem Anmieten dieses geräumigen Altbaus – ein luxussanierter, wahrgewordener Traum – dessen hinteren Bereich verschloss, bevor er mir zum Albtraum werden konnte, um mich nur noch im vorderen Teil aufzuhalten, der aus Küche, Bad, meinem Arbeitszimmer und dem Schlafraum bestand.

»Und da wohnst ganz allein?«

Roma Radomils Augen blickten ungläubig, als ich ihn einlud, sich in den verlassenen Räumen auszubreiten.

»Es hat sich so ergeben«, sagte ich beschämt. »Aber die nächsten Tage wird das Ihr Reich sein. Machen Sie es sich bequem.«

»Mir hätt ja schon das Kabuff in deinem Arbeitszimmer gereicht«, meinte Roma Radomil bescheiden, »das mit dem Blick auf den Magnolienbaum. Aber wennst meinst, ich mächt dich ja nicht beleidigen.«

Er legte sich auf das Himmelbett im hinteren Zimmer, das ich voreilig gekauft hatte, bevor ich diesen Teil der Wohnung aufgab.

»Den Ablauf der ersten Aufgabe«, begann ich, »müssen wir gut koordinieren. Mein Plan ist, die Mauer vor dem Schreibtisch komplett verschwinden zu lassen, so dass der Blick frei wird auf den Magnolienbaum und in die Ferne, was meine Arbeit ungeheuer erleichtern wird, wie ich mir vorstelle. Was meinen Sie?«

Doch als einzige Antwort hörte ich Roma Radomils Schnarchen, ein regelmäßiges Geräusch, fast wie das Schnurren einer Katze, die es sich auf dem Schoß bequem gemacht hat und es offensichtlich genießt, über das Fell gestreichelt und am Nacken gekrault zu werden. Von dieser Vorstellung gerührt, konnte ich mich gerade noch zurückhalten, als meine Hand schon ansetzte, um über das stumpfgraue Haar zu fahren. Schnell schlich ich aus dem Raum und an meinen Arbeitstisch, mit dem Ziel, dort weiterzuschreiben, wo ich vor Roma Radomils Erscheinen aufgehört hatte.

Wie immer, las ich zur Orientierung und Einstimmung auf meine Arbeit zuerst das zuletzt Geschriebene, aus dem sich, mit viel Glück, die Geschichte weiterentwickeln würde. So stand da:

»*Es funktioniert nicht. Fragen Sie doch den Hauswart, ob er Ihnen weiterhelfen kann.*«

Natürlich erinnerte ich mich sofort an die beschriebene Situation, wie ich den Mauz bei meinem Überraschungsbesuch gebeten hatte, seine Toilette aufsuchen zu dürfen, was er mir jedoch unter einem fadenscheinigen Vorwand verwehrte, wie mir erst hinterher klar wurde, nämlich als ich, in der Küche des Hauswarts sitzend, von diesem erfuhr, was es mit dem Literaturagenten Mauz in Wirklichkeit auf sich hatte.

»*Wenn Sie mich fragen*«, sagte er ungefragt, »*handelt es sich bei dem um einen Betrüger. Literaturagentur steht zwar auf dem Klingelschild, doch was außen draufsteht, steckt nicht immer drin. So wie nicht jeder Doktor auto-*

matisch ein Arzt ist, könnte es sich auch bei diesem sogenannten Literaturagenten um einen Schmarotzer handeln, der sich auf Staatskosten ein schönes Leben macht.«

Auf meine Frage nach den Angestellten dieser doch äußerst renommierten Literaturagentur, schlug sich der Hauswart auf die dürren Schenkel und lachte schallend:

»Der einzige, der da ein- und ausgeht, ist der Gerichtsvollzieher!«

Er imitierte den Ruf eines Kuckucks.

»Doch damit die Welt nicht vollkommen aus den Fugen gerät und die Moral nicht völlig verkommt, habe ich zur Sicherheit aller eine Spezialeinrichtung gebaut«, flüsterte er mir zu und zog mich in seine Werkstatt. Auf einem riesigen Holztisch standen Lampenschirme in den unterschiedlichsten Größen, Arten und Formen. Dazwischen lagen unzählige Schrauben, Schraubenzieher und Hammer: Kleine zarte, die aussahen wie Spielzeug und große, mit denen man auf der Stelle einen Menschen hätte erschlagen können.

»Die Lampen«, erklärte der Hauswart und näherte sich mir, so dass ein scharfer Geruch in meine Nase drang, der mich reflexartig zwang, auf Abstand zu gehen, »die Lampen sind das eine, der Lampenladen das andere.«

Er sah mich geheimnisvoll an, mit dem Blick desjenigen, der seinem Gegenüber vormachen will, dass dieser ohne sein Wissen nur in Unwissenheit weiterexistieren könne. So blieb ich, obwohl ich es kaum länger ertragen konnte, an diesem Ort, in dem sich der beißende Geruch nach Schnaps nun bis unter die abgehängte Decke ausbreitete, von wo aus er begann, mich langsam einzulullen.

»Die Lampenwerkstatt ist nur ein Vorwand«, fuhr der Hausmeister fort, dessen Augen mich anstarrten wie die eines Fisches, musste er doch während mehrerer Minuten seine Lider weder auf- noch zuschlagen: »Sie gehört zu meiner Strategie, mir ein ganzheitliches Bild von den Menschen zu machen, besonders von den Mietern dieses Hauses.«

Er zog den Vorhang auf, der eine Glasscheibe frei gab, von der aus man durch das Schaufenster die gesamte Straße überblicken konnte.

»Erinnern Sie sich an den Spiegel?«, *hauchte er und zog einen Flachmann aus dem blauen Kittel.*

»Alles nur Tarnung«, *er lachte hinterlistig.*

Als er mir einen anbieten wollte, schüttelte ich den Kopf.

»Glauben Sie mir«, *fuhr er fort.* »Ich kenne die Schwächen sämtlicher Mieter – ausnahmslos!«

Seine Stimme wurde lauter.

»Literaturagentur Mauz ... Dass ich nicht lache! Der Mensch versucht, seine Schlechtigkeit zu tarnen, indem er einen falschen Namen auf das Klingelschild klebt, um abzulenken von der eigenen Moral- und Skrupellosigkeit.«

Nun schrie er:

»Glauben Sie mir, ich habe genug gesehen! Tagein, tagaus, tu ich nichts anderes mehr, als, von diesem Platz aus, dem Treiben meiner feinen Mieter zuzusehen, die, von außen betrachtet, unbescholtene Klingelschilder sind, solange man sich ihnen nicht nähert und ihren Geheimnissen nicht auf die Spur kommt ... Literaturagentur! Dass ich nicht lache! Sodom und Gomorrha!«

Er brach über dem Werkstattisch zusammen. Leider genau in jenem Moment, in dem ich hoffte, er würde nun auf den Punkt kommen und endlich erzählen, was der Mauz denn so trieb, wenn er nachts durch die Straßen lief. So musste ich mich mit Spekulationen zufriedengeben und meine Phantasie lieferte das entsprechende Futter: Der Mauz, betrunken im Rinnstein liegend, ein andermal in Frauenkleidern oder im Trenchcoat als Exhibitionist … das Gedankenkarussell hatte sich blitzschnell gedreht, während der Hauswart vor den Lampenschirmen seinen Rausch ausschlief.

Alles Quatsch, sagte ich mir. Das sind die Wahnvorstellungen eines Trinkers, eines kurz vor dem Delirium Stehenden. Ich zog den Vorhang zu, packte meine Tasche und schloss leise die Wohnungstür. Dann verschwand ich unbemerkt in der nächsten U-Bahn.

»Was schreibst?«

Ich zuckte zusammen, als Roma Radomils Gesicht plötzlich neben meiner Schulter auftauchte.

»Nach einer wissenschaftlichen Arbeit sieht das aber nicht aus.«

Ich speicherte den Text ab und schloss das Dokument. Was wusste ich schon von ihm, der so plötzlich und unerwartet in meinem Leben aufgetaucht war, in meiner für mich viel zu großen Luxuswohnung, ohne auch nur anzudeuten, weswegen er nicht einmal ein Dach über dem Kopf besaß. Ich beschloss, ihn nicht zu drängen, sondern das Rätsel um ihn mit äußerster Behutsamkeit und Sensibilität zu lösen.

»Konnten Sie nicht schlafen?«, fragte ich.

»Ach weißt, ich brauch nicht viel Schlaf«, antwortete er, sichtlich enttäuscht über den Anblick des schwarz gewordenen Monitors.

»Ein paar Minuten, mehrfach ieber den Tag verteilt, und ich kännt Bäume rausreißen!« Er streckte sich und gähnte.

»Was halten Sie davon, wenn wir gleich heute mit dem Einreißen beziehungsweise dem Abtragen der Mauer beginnen?«, versuchte ich, Roma Radomil durch die betont kumpelhafte Wir-Formulierung zu motivieren, die eine Mitarbeit meinerseits beinhalten sollte. Allerdings nur in der Theorie. Er sah trotzdem nicht besonders begeistert aus.

»Selbstverständlich. Das ist doch gar kein Problem! Allerdings bräucht ich vorher unbedingt eine kleine Stärkung. Und dein Kiehlschrank ist, wie ich festgestellt habe, leer.«

Obwohl ich seine Worte in Gedanken fast als anmaßend bezeichnet hätte – wobei mir auch die Begriffe »unverschämt« oder »Rüpel« in den Sinn gekommen waren – und trotz meines beinahe aufkommenden Ärgers darüber, musste ich einsehen, dass er recht hatte: Ein leerer Magen kann weder Bäume aus- noch Mauern einreißen!

»Gut«, sagte ich und klatschte dabei kindisch in die Hände: »Dann lassen Sie uns schnell einkaufen gehen.«

»Das tut nicht not«, wehrte er bescheiden ab, »aber wennst mächtest, kannst natierlich gerne was holen. Und ich mache mich derweil an die Vorarbeiten.«

Erfreut über seine Hilfsbereitschaft, zeigte ich ihm die Kammer, in der die Handwerker ihre Materialien wie Kellen, Pinsel, Farben, Abstreifer, Rollen und noch mehr deponiert hatten, für den Fall, dass ich es mir eines Tages doch noch anders überlegen sollte mit der Mauer.

6

Die Gleisarbeiten waren noch in vollem Gange und es fuhren Ersatzbusse, die die Fahrgäste parallel zu den aufgerissenen Schienen an ihr Ziel brachten – das räumliche wohlgemerkt, nicht das Lebensziel.

Das wäre was: Ein Bus, in den man einsteigt und der einen zu der dem Fahrer genannten Destination transportiert. Eine Fahrkarte ans Lebensziel, das sich nicht nur auf den Weg beschränkt, wie es das Credo der angesagten, asiatischen Philosophien fordert, sondern welches auch tatsächlich erreicht wird, und zwar mithilfe der öffentlichen Verkehrsbetriebe, die es sich zur Aufgabe gemacht haben, alle auch noch so individuellen Lebensziele anzusteuern.

Einfach einsteigen, dachte ich, und dort landen, wo man wirklich hin will. Zum Ziel gehört ein Wille, ohne den das Erreichen in weite Ferne rückt. Die Abkürzung erfolgt über Ellenbogen beziehungsweise übergroße Brüste aus Silikon, geliftete Wangen und gestraffte Unterarme. Und neben einem übersteigerten Selbstbewusstsein wäre auch ein kompetenter Literaturagent von nicht zu unterschätzender Bedeutung.

Ich blickte den Bussen nach, wie sie sich, einer nach dem anderen, durch die enge Straße quälten. Vollbeladen mit Menschen, die ihre Nasen an die Scheiben pressten, Fleisch an Fleisch, Atem an Atem …

Eine Autohupe riss mich aus meinen Gedanken und ich konnte mich gerade noch durch einen zirkusreifen Sprung auf den Bordstein retten, als ich mir einbildete, im Fenster eines Busses das Gesicht des Architekten gesehen zu haben, der mir zulächelte.

Doch eigentlich, dachte ich, ist es kaum möglich, innerhalb eines solch kurzen Moments eine bestimmte Person zu erkennen.

Beherrsch dich, sagte ich mir und prägte mir diesen Satz ein, indem ich ihn mehrmals laut wiederholte, bis ich vor dem Eingang des Supermarktes stand und einen Euro in den Einkaufswagen steckte:

»Beherrsch dich!«

Mit einem Ausrufezeichen versehen, gefiel er mir gleich noch besser, betonte es doch den Befehl, den es auszuführen galt.

Mit einem Imperativ im Kopf lebt es sich leichter, dachte ich, ein Imperativ im Kopf wird zum unhinterfragbaren Sinn des Lebens, während der selbstgewählte nur lebenslängliche Belastung bedeutet.

Beim Versuch, den sperrigen Einkaufswagen ohne anzuecken durch die schmalen Regalgänge zu schieben, wunderte ich mich, wie sich doch immer wieder der in aller Munde steckende Kreis schloss: Also stimmte es doch und der Weg war das Ziel? Die Suche nach dem kleinen Wörtchen Sinn, das irgendwann einmal in die Welt gesetzt worden war, um die Menschen zu verwirren wie der Protagonist, der aus dem Nichts auftaucht, um seinen Autor spätestens kurz vor Abschluss des Werkes in den Wahnsinn zu treiben, indem er einfach in der Handlung bleibt, anstatt zu verschwinden.

Und so ein Autor, dachte ich weiter, ist auch nicht besser, dreht er sich doch unaufhörlich ausschließlich um sein eigenes Ego, denn selbst das auch noch so Erfundenste, das Abwägigste, das – wie alle annehmen – nur aus seiner Vorstellungskraft Resultierende, ist doch in Wirklichkeit nichts anderes, als das stetige Kreisen um seine Person, egal wie sehr er sich bemüht, dies durch geschickte Täuschungsmanöver zu verschleiern.

Der Einkaufswagen krachte gegen einen Monitor, der umgehend implodierte. Eine Sirene heulte auf. Man hätte sich am liebsten im nächsten Bunker verkrochen oder wenigstens hinter der Fleischtheke im Kühlraum, in der Hoffnung, dort von niemandem gefunden zu werden. Man könnte allerdings auch den leeren Einkaufswagen einfach stehen lassen, auf den Euro verzichten und aus dem Laden flüchten. Ich tat nichts von all dem, weil meine Beine sich anfühlten wie Kaugummi.

»Sind Sie verletzt?«, schrie ein Mann im weißen Kittel, auf dessen Brusttasche ein Schild mit dem Titel Marktleiter befestigt war.

Der Alarm ging in eine unerträgliche Stille über. Dazu die gottverdammt neugierigen Gesichter der herbeieilenden Kunden. Schaulustige, denen der Schaden eines anderen als willkommene Ablenkung aus einem banalen Dasein dient.

Ich schüttelte den Kopf.

»Gott sei Dank«, rief der Marktleiter pathetisch. In diesem Moment sah ich hinter einer Menschenlücke den Architekten samt Einkaufswagen in Richtung Kassen hetzen. Wie ein Phantom schoss er an den überfüllten Regalen vorbei, ein Baumeisterphantom im Kaufrausch,

diesmal mit – wenn ich es richtig gesehen haben sollte –
hauptsächlich tropischen Früchten im Gepäck:
Was werden Sie schreiben?

»Selbstverständlich werde ich für den entstandenen
Schaden aufkommen«, versprach ich dem Marktleiter
eilig.

»Machen Sie sich keine Gedanken«, antwortete dieser
und richtete sich an die sinnlos Herumstehenden: »Bitte
kaufen Sie weiter ein!«

Er ermunterte seine Kunden, die gerade im Begriff
waren, ihren Wageninhalt mit dem der anderen zu vergleichen und wie auf Kommando losfuhren, um vorhandene Lücken zu schließen. »Achten Sie dabei auch auf
unsere Sonderangebote«, rief er noch, bevor er sich wieder
zu mir drehte.

»Die aufblasbar-aufheizbaren Papilloten sollten sowieso aus dem Programm«, beruhigte mich der Marktleiter. »Sie schlugen ein wie eine Bombe. Doch auch die
Verkaufsförderung befindet sich im Wandel«, klärte er
mich auf. »Die Monitore werden von den Firmen selbst
aufgestellt, jedoch nur produktweise. Jeder neuer Artikel
erhält einen größeren Bildschirm. Für zukünftige Verkaufsaktionen planen wir Leinwände beziehungsweise
Großbildleinwände – wie bei der WM auf dem Marktplatz. Insofern wäre dieser Monitor sowieso aus dem
Supermarktverkehr gezogen worden, genau wie die aufblasbar-aufheizbaren Papilloten ... Sie finden Sie übrigens im dritten Gang rechts, zwischen Wet-Gels und
Peelingmasken.«

Verwirrt taperte ich bis zur nächsten Ecke, wo ich meinen Einkaufswagen stehen ließ, selbstverständlich vom freundlichen Marktleiter unbemerkt, mit dem ich es mir auf keinen Fall verscherzen wollte, war doch dieser Supermarkt einer der wenigen außerhäuslichen Orte, die ich überhaupt frequentierte. Mit den Papilloten in der Hand reihte ich mich in die lange Schlange ein und sah gerade noch den Architekten Richtung Ausgang gehen – zwei riesige Einkaufsshopper hinter sich herziehend. Er hatte sich verschlankt, trug einen tadellos dunkelgrauen Anzug, und hätte nun auch als einer dieser schneidigen Dressmen über die Mailänder Laufstege flanieren können.

7

»Frauen!«, Roma Radomil schüttelte den Kopf, »da kannst was erleben!« Er lächelte gutmütig und zeigte auf die Packung in meiner Hand: »Und wegen so was hast dich ieberhaupt auf die Socken gemacht?«

Ich setzte mich an den Küchentisch. Das Papillotenmodel lächelte belustigt.

»Und so mächtest wahrscheinlich aussehen?«, fragte Roma Radomil, während er das Foto begutachtete: »In meiner Familie gibt's viele Frauen mit Locken.«

Dies war die Gelegenheit, von mir abzulenken und endlich über ihn zu sprechen und den geheimnisvollen Grund, der ihn zu mir führte.

»Warum sind Sie hier?«, fragte ich, wohlwissend, dass er kein Mann fürs Plumpe war.

»Ach, das ist eine lange Geschichte«, antwortete er. »Und lange Geschichten sollte man sich und anderen lieber ersparen.« Er sah mich an: »Oder, was meinst?«

Er begutachtete seine Fingernägel. »Kalziummangel. Davon brechen sie ab. Ist auch eine Sache der Ernährung: Fleisch und Milchprodukte, also Eiweiß, sind das A und O. Hiehnerleber hilft auch!«

Wie er denn mit den Arbeiten vorangekommen sei, wollte ich wissen und versprach ihm eine üppig belegte Pizza, die ich uns gleich liefern lassen würde.

»Also«, er blickte mir tief in die Augen, »das ist alles nicht so einfach, weißt?«

Dann hielt er mir einen Vortrag über die Wirbelsäule und das Rückgrat in Bezug auf körperliche Tätigkeiten, die gerade diesen Bereichen großen Schaden zufügen könnten.

»Besonders im Fall einer bereits vorhandenen Vorschädigung«, wie er betonte.

»Was genau meinen Sie damit?«

»Weißt, ich bin nicht mehr der Jiengste. Im Gegensatz zu manch anderen, die es sich leicht machen, zu Architekten beispielsweise, die ihre Aufgabe nur halb, stiemperhaft oder gar nicht erfiellen und den Bauherren am Ende mit einer vällig ieberfliessigen Mauer vor dem Kopf im Stich lassen!«

Ob das heiße, dass er sich dieser Aufgabe nicht mehr gewachsen fühle, ob er sich selbst meine mit dem Rückenleiden und was ihn mein Verhältnis zum Architekten überhaupt angehe, fragte ich verärgert.

»Ruhig Blut!«, lachte Roma Radomil. »Ich tät dir schon gern helfen, das kannst mir glauben, doch ich bin leider nicht der Richtige dafier.«

Dann wurde er ernst.

»Weißt, ich hab mein Dach ieberm Kopf verloren. Vorher hatte ich mit meiner Frau zusammengelebt. Doch die ist ein schlechter Mensch.«

Seine Frau habe ihn aus der Wohnung geworfen, grundlos, einfach weil er, Roma Radomil, zu gutmütig sei.

»Der gutmietigste Mensch unter dem Sternenhimmel, ein Ausbund an Giete, die von schlechten Charakteren natierlich jederzeit ausgenietzt werden konnte.«

Ob ich's glauben sollte, wusste ich nicht. Und ich fand meinen Gast sehr anstrengend in diesem Moment. Welchen Nutzen hatte unsere Begegnung und – musste sie überhaupt einen Nutzen haben?

»Manchmal«, flüsterte er in die Stille, »sollte man sich einfach nicht zu viele Fragen stellen.«

Wahrscheinlich hatte er recht. Auf welche Fragen gibt es schon zufriedenstellende Antworten? Und welche sind überhaupt die richtigen, weil doch die meisten nicht einmal erfreulich sind, sondern eher bohrender Natur. Im Inneren des anderen herumwühlen, neugierig in seinem Privatesten, seinen Gedanken herumstochern, bis er vollkommen durcheinander ist nach all der Fragerei – und am Ende doch eine Antwort gibt, obwohl er eigentlich nur hatte schweigen wollen. Fische waren mir schon immer ein Vorbild mit ihrer wortlosen Verständigung, dem schweigenden Aneinandervorbei beziehungsweise Nebeneinanderher. Fische sind da grandios, machen sie uns doch vor, wie angenehm die Welt wäre ohne all das sinnlose Geplapper, das uns rund um die Uhr aus Rundfunkstationen bedrängt. Auch wenn man ausstellt, hält es niemanden davon ab, einfach weiter zu schnattern, selbst wenn man das Gerät schon längst aus dem Fenster geworfen hat. Und sogar wenn man auf Radio und Fernsehen verzichtet, bleibt da noch das gedruckte Wort in Form einer Tageszeitung, deren Informationsflut und Werbung einen schon am Morgen erschlägt, wenn der Körper sich noch in der Halbvertikalen befindet, wenn man sich, besonders im Winter, einrollen möchte wie ein Bär, um mindestens ein halbes Jahr in seiner Höhle zu bleiben.

8

Roma Radomil konnte reinhauen: Erst hatte er seine Pizza verschlungen, dann auch noch die Hälfte meiner und trotzdem stürzte er sich auf die beiden Tiramisu, die ich uns als Nachtisch geordert hatte.

»Kästlich!«

Ich wurde immer nervöser, konnte mich jedoch nicht entscheiden, was ich zuerst tun sollte. Den Namor weiterschreiben oder einfach rausgehen, um vor Roma Radomil meine Ruhe zu haben?

»Und wann machst dir jetzt die Locken?«, fragte dieser und schob sich einen Riesenlöffel in den Mund.

Ich musste plötzlich an den Architekten denken. Selbst als guter Esser konnte er die gekauften Mengen nie und nimmer alleine konsumieren, ohne dabei aus der Form zu geraten.

»Manchmal tät ich zu gern wissen, was du so denkst«, Roma Radomils Zeigefinger glitt über das Innere der Plastikschale, um auch noch die letzten Reste der Süßspeise in den Mund zu schieben.

»Als hättest im Supermarkt eine außergewähnliche Begegnung gehabt.« Er sah mich neugierig an. »Als hättest einen Außerirdischen getroffen.«

Nun wäre es an der Zeit gewesen, alles zu beichten. Unter dem Titel *Bekenntnisse einer bereits im Vorfeld Gescheiterten* hätte ich ihm von meinem steinigen Weg berichten können, der doch so verheißungsvoll begonnen hatte. Bis er durch das Zusammentreffen mit dem durchtriebenen Mauz in einem Albtraum endete, der meine Hoffnungen und meinen Lebenssinn zerstörte, mit Pauken und Trompeten auslöschte und all die Jahre zu einer Farce werden ließ, in denen ich – Buchstaben für Buchstaben unermüdlich in das Notebook tippend – an mich glaubte und an den Erfolg, der sich durch die Begegnung mit dem renommierten Literaturagenten in Kürze einstellen würde.

Und ich würde ihm noch mehr erzählen, dachte ich. Finge ich erst einmal an, dann sollte er schon alles erfahren. Die ganze Hässlichkeit, inklusive die des Architekten, der mich doch wochenlang zum Narren gehalten hatte mit einer Mauer, die keinen Sinn erfüllte – und das alles nur, um letzten Endes wieder an den heimischen Herd zurück zu kriechen.

Doch ich schwieg und starrte stattdessen wie gebannt auf die sich wiederholende Bewegung, den immer wiederkehrenden Zeigefinger, der zwischen Plastikschale und Gaumen pendelte und jedes Ablutschen mit einem schmatzend-schnalzenden Geräusch beendete, bis zur vollkommenen Leere des Gefäßes, die von Roma Radomil mit lautem Gähnen kommentiert wurde.

»Ich kännt fast ein Nickerchen machen«, meinte er noch und sah mich an, als ob er meine Erlaubnis zu jenem sogenannten Nickerchen abwarten müsse, als sei mein »Dann ruhen Sie sich doch aus« der Startschuss zu seinem Minutenschlaf, den er im hinteren Teil der Wohnung durchzuführen gedachte – ungestört, satt und im völligen Einklang mit sich und der Welt.

Ich spürte, wie Neid in mir hochkochte, auf sein gelassenes Naturell, das sich weder von gierigen Literaturagenten noch von baufälligen Mauern oder Architekten aus der Fassung bringen ließ. Würde doch nur ein Funke seiner Gelassenheit auf mich überspringen, könnte ich endlich in Frieden den Namor fortsetzen. Jeden Tag eine Zeile oder, um mich nicht zu überfordern, jeden Tag ein Wort. Stattdessen musste ich mich an den Schreibtisch zwingen und damit einhergehend vor die Mauer, die ich versuchte mittels mentaler Suggestion zu ignorieren, um einen Blick zu erhaschen auf den heißgeliebten Magnolienbaum, der nun in voller Blüte stehen musste.

Inspiriert von dieser Vorstellung flogen meine Finger auf einmal über die Tastatur. Eins mit den weiß-rosa Blüten, die elegant gen Himmel strebten, eins mit dem Text, der sich topflappengleich erweiterte und zu einem Ganzen zusammenfügte und schließlich eins mit mir und meinem Leben, fühlte ich, wie mich das Glück umschlang, um mich nicht mehr loszulassen.

Von der Muse geküsst, dachte ich, so nennt man wohl solch einen Moment, auf den so manch einer vergebens wartete, womöglich sein Leben lang.

Von der Muse geküsst, dank Roma Radomil, jauchzte ich innerlich und schrieb wie berauscht von meiner Abfahrt aus Eimsbüttel, die so enttäuscht gar nicht war, hatte ich doch der Schnapsdrossel, besagtem Hausmeister, kein Wort geglaubt und lagen doch meine Zukunft, mein Erfolg, ja mein ganzes literarisches Wirken in den Händen des Mauz, von dessen Fähigkeiten ich nach wie vor überzeugt war. Immerhin hatte der Literaturvermittler das Wort Busen kein einziges Mal in den Mund genommen beziehungsweise ausgesprochen oder in anderer Form erwähnt. Auch unser Vertrag enthielt keine derartigen Klauseln. Ging man von unseren Gesprächen und der uns aneinander bindenden Übereinkunft aus, existierten nicht einmal Brüste, so dass es fast den Anschein hätte haben können, ein androgyner Körper sei Voraussetzung für das literarische Debüt. Und auch das Alter war laut Mauz völlig nebensächlich. Doch statt dass mich dies alles misstrauisch oder zumindest skeptisch gemacht hätte, empfand ich eher leise Freude über das Fehlen der Begriffe und vielleicht sogar stillen Triumph. Debütieren kurz vor der großen Fünf – warum nicht, hatte ich mich wohl insgeheim gefragt und daran weder etwas Anstößiges noch Abstoßendes gefunden.

Pass auf, sagte ich mir, dass dich das Glück nicht womöglich noch ganz verschlingt, denn dieses wie von der Muse geküsste Gefühl breitete sich nun aus, strahlte nach und schien sogar meinen verspannten Rücken zu erwärmen. Als säße ein unsichtbarer Engel hinter mir als treibende Kraft.

Möglicherweise, schrieb ich, *stehen ja Roma Radomils Anwesenheit und mein Schreibfluss in engerem Zusammenhang als bisher angenommen.*

»Schau, schau!«

Es riss mich förmlich, als ich ihn bemerkte. Wie lange er wohl schon neben mir, genauer gesagt, vor dem Bildschirm stand? Speichern. Schließen. Beenden.

»Warum arbeitest nicht weiter? Für so eine Reportage hast doch bestimmt eine Deadline?«

Ich war auf der Hut.

»Ich mächt dir folgenden Vorschlag machen«, sagte er, »die kärperliche Arbeit ist nichts für mich, wie du weißt. Doch ich mächt mich, soweit es geht, nietzlich machen. Was hältst davon, wenn ich mich um den Haushalt kiemmer? Aufräumen, Miell trennen und so weiter! Ich hab gesehen, dass sich hier Berge von Papier befinden. Das kännt ich sammeln, ordnen und dann entsorgen. Was meinst?«

9

Tage vergingen und Wochen, die sich wie Tage anfühlten.

»Alles eine Sache des Alterns«, behauptete Roma Radomil: »Je älter du wirst, desto schneller rast die Zeit. Und den Tod, der am Ende deiner Reise auf dich wartet, kannst von hier aus schon fast winken sehen.«

Ich stellte mir den Tod auf einer kalten Bank eines mit Nichtrauchersymbolen gekennzeichneten Wartehäuschens sitzen vor – und fühlte mich furchtbar müde und ausgelaugt. Roma Radomil dagegen, entfaltete plötzlich jugendliche Kräfte, die ihn sogar sein Rückenleiden vergessen ließen.

Unser Zusammenleben funktionierte tadellos seit er für den Haushalt zuständig war, einkaufte, das Essen zubereitete und sich voller Elan auf seine neue Aufgabe stürzte, die er mit Hingabe und immensem Aufwand meisterte. So hatte sich mit dem Altpapier in meiner Wohnung ein kleiner Handel entwickelt: Zuerst bügelte er die Blätter, anschließend sortierte er sie nach Themen und am Schluss brachte er sie mit einer Sackkarre zu einer Organisation, die das Papier nach Osteuropa schaffte, um daraus nach einem ausgeklügelten Recyclingverfahren Bücher zu drucken.

»Bildungsbiecher«, wie Roma Radomil sagte. Er wolle sich jedoch auf jeden Fall noch ein zweites Standbein aufbauen, da gerade in der heutigen Zeit die Monokultur ein, wie er sagte, »riskantes Unterfangen« sei, weswegen er plante, weitere Rohstoffe in sein Programm aufzunehmen wie das begehrte, weil knapp gewordene Metall, für das seit dem Vormarsch der Chinesen astronomische Summen gezahlt wurden.

»Ich mächt zu gern wissen«, sagte Roma Radomil, »was die Chinesen eigentlich mit all dem Metall so anstellen.«

In der Tat beunruhigten auch mich die gestiegenen Preise. Überall konnte man lesen, wie es um die Welt stand und das Metall – und das alles nur wegen der Chinesen, die in blühenden Landschaften voller Eiffeltürme zu leben schienen.

Wenn sein Geschäft florierte, was laut Roma Radomil bald der Fall sein müsse, dann würde der Zeitpunkt des Abschieds nahen und er sich eine Wohnung mieten, da die eigenen vier Wände für jemanden seiner Persönlichkeitsstruktur das Beste seien und auch für mich, wie er betonte.

Ich wollte daran nicht denken, hatte ich mich doch inzwischen an das gemeinsame Leben mit ihm gewöhnt. Und auf einmal gelang es mir sogar, den Namor fortzusetzen, skurrilerweise jedoch nur während Roma Radomils Abwesenheit. Und zwar immer dann, wenn er »aus geschäftlichen Grienden« das Haus verließ, oft mitten in der Nacht, oder wenn er vormittags schlief und ich mich an den Computer setzte, um in die Tiefen meiner seltsamen Geschichte zu tauchen. Und so manches Mal hatte ich beim Überfliegen der Zeilen das Gefühl, ein anderer habe sie bereits gelesen. Oft genug bildete ich mir sogar ein, bestimmte Passagen gar nicht selbst geschrieben zu haben, zum Beispiel wunderte ich mich eines Tages über die magische Verwandlung der Worte Busen und Brüste in »Mäpse«.

»Mag einer die Technik verstehen«, meinte Roma Radomil dazu und leerte die Korrekturen aus meinem Papierkorb.

Als eine Phase angenehm gelassener Gleichförmigkeit würde ich jene Zeit beschreiben, in der die Harmonie weder störend noch langweilig war und da auch die Frage nach dem nächsten Schritt nie im Raum stand, blieb man von plötzlicher Aufregung verschont.

Übrigens hatte ich mich eines Tages von Roma Radomil dazu überreden lassen, die Papilloten einfach mal auszuprobieren:

»Wennst sie schon hast, kannst sie auch gleich benutzen.«

Nachdem ich den Versuch tatsächlich wagte, wurde das Resultat ausgiebig kommentiert:

»Das sieht glatt aus, als hättest Naturlocken.«

Vielleicht war es die neue Frisur, die mich so locker durchs Leben gehen ließ. Als könne nichts mehr passieren, als bliebe mir das vollkommene Glück auch in Zukunft treu. Ein paar Zeilen am Namor, dessen Geschichte sich verselbstständigte, Brathähnchen zu Gesprächen mit Roma Radomil und ein Magnolienbaum, dessen Blüten regelrecht zu explodieren schienen, so zahlreich waren sie und so außergewöhnlich in ihrer Größe. Den bevorstehenden Abschied hatte ich längst verdrängt. Wie durch eine wundersame Wandlung eliminierte mein Hirn alles Negative auf der Stelle, so dass es permanent auf positiv gepolt war. Das Leben verlief angenehm unspektakulär, in einem zierfischähnlichen Rhythmus:

Aufstehen und an den Computer setzen. Die Mauer ignorierend das zuletzt Geschriebene in höchster Konzentration überfliegen. Sich über eingebaute Korrekturen wundern, auf Roma Radomil und Happy Jack warten. Später vielleicht einen Spaziergang machen, weiterschreiben, sich weiterwundern, und die Zeit vorbeirasen lassen, während sich Roma Radomil sein wohlverdientes Nickerchen gönnte.

Nichts wird uns je auseinanderbringen, schrieb ich, *nichts wird diesem wunderbar geregelten Leben im Wege stehen, dieser Gleichförmigkeit, die weniger mit Monotonie zu tun hat als mit Glück.*

Und ich fragte mich, ob Monotonie vielleicht das Glück des Alters war.

Auf diese Phase wohltemperierten Glücks folgte die Ernüchterung allerdings in besonders gehässiger Form. Roma Radomil hatte wegen »administrativer Tätigkeiten« keine Zeit für den Haushalt und schickte deshalb mich in den Supermarkt. Er selbst blieb vor seinem neuen Schreibtisch sitzen, um zu ordnen, falten, auszuschneiden ... Er nahm seine Aufgabe sehr ernst.

Sie scheint ihm Berufung, ja mehr noch geworden zu sein, dachte ich mit fast eifersüchtiger Freude.

Die Straße zu überqueren, gestaltete sich schwierig, da die vorbeirasenden Busse keine Rücksicht nahmen auf Passanten oder anderweitige Hindernisse. Die Gleisarbeiten dagegen schienen zum völligen Erliegen gekommen zu sein, denn auf den Baustellen herrschte gähnende Leere.

In China wäre so etwas völlig undenkbar, vermutete ich. Auch an Roma Radomil war im Grunde ein halber Chinese verloren gegangen, so fleißig und unermüdlich wie er sich für seinen Hungerlohn abrackerte.

Vielleicht könnte ich ihn zum Bleiben bewegen, indem ich ihn unterstützte, noch ahnte er ja nichts von meiner opulenten Rente. Genauso wenig wie vom Namor, dachte ich mit schlechtem Gewissen und steckte einen Euro in den Einkaufswagen.

Aufgrund des mangelnden Licht- und Luftaustausches kann der Besuch eines Supermarktes im plötzlichen Tod durch Ersticken enden und die gleichmäßige Anordnung der vor Waren strotzenden Regalwände in verzweifelter Desorientierung. Wie oft wird wohl aus Versehen und von den Mitmenschen völlig übersehen durch so einen Konsumtempel geirrt?

An besagtem Tag jedenfalls schwirrten sie alle wild durcheinander: die umworbene Klientel, gemeinsam mit Verkäufern und ein nervöser Marktleiter im Smoking, der ständig auf die Uhr sah und seine Mitarbeiter scheuchte, zu welchem Zweck auch immer.

Ein Event lag in der Luft, so viel stand fest. Es war diese sonderbar flirrend-aufgeheizte Atmosphäre, die solchen Ereignissen vorausging, auf die jeder gespannt war, von denen jedoch niemand wusste, wie sie enden würden.

»Bitte gehen Sie zur Seite!«, rief mir der Marktleiter zu. Dann schien er mich trotz der Locken wiederzuerkennen: »Die stehen Ihnen ja richtig gut! Freut mich, dass auch Sie den Weg zu unserer Veranstaltung gefunden haben.«

Da ich weder wusste, wie mir geschah noch worauf ich mich einließ, folgte ich der Menge in die Mitte des Supermarktes. Dort war eine kleine Bühne aufgebaut, vor der man in einem Halbkreis aus Stühlen Platz nehmen konnte. Die Anwesenden schienen sich über die Unterbrechung ihrer Dauerjagd nach dem goldenen Schnäppchen zu freuen. In diesem Fall vermutlich eine der üblichen Käseverköstigungen, bei denen einem das Häppchen als Spieß, mit maximal einer Olive respektive Weintraube dekoriert, in den Mund geschoben wird, um die Geschmacksnerven mal wieder so richtig anzukurbeln, die durch das ewige Frost Food eingeschlafen oder sogar komplett abgestorben waren.

Was für ein Glückspilz ich doch war, fühlte ich in dem Moment und bei der Erinnerung an gut gewürzte Brathähnchen – Roma Radomil sei Dank!

Das Spektakel nahm seinen Lauf: Vier bullige Männer schleppten doch tatsächlich eine Küchenzeile heran, selbstverständlich nicht im Ganzen, sondern nach und nach, indem sie erst einen schicken Designer-Gasherd auf die Bühne zerrten, dann, Stück für Stück: Spüle, Schränke und Backofen. Dahinter wurde eine schwarze Trennwand aufgebaut, ein Paravent, auf dem in metallenen Lettern DÜLÜKS KÜCHEN stand. Nach einigen Minuten hatte sich der Supermarkt in eins dieser Kochstudios verwandelt, die aus keinem Fernsehkanal mehr wegzudenken waren und sich hauptsächlich an die Zielgruppe der unter zu viel Zeit und infolge dessen tödlicher Langeweile Leidenden richtete: an Rentner und Hartz-IV-Empfänger nämlich. Kochen war zum Opium für das Volk geworden.

Heißt es nicht auch »Intelligenz trinkt, Dummheit frisst«, sinnierte ich, als mein Magen knurrte.

So werden wir manipuliert, ärgerte ich mich, so nehmen die Produkte ihren Weg, aus den Köpfen der Food-Designer in die erweiterten Mägen und längst verstopften Därme gieriger Konsumenten. Größer, heißer, raffinierter – nach diesem Motto ließ man sich von der sogenannten sozialen Marktwirtschaft verschlingen, dachte ich überrascht, hatte ich mich doch bis dato immer für einen durchwegs unpolitischen Menschen gehalten.

Der Marktleiter war auf die Bühne getreten.

»Meine sehr verehrten Damen und Herren«, sagte er mit feierlicher Miene, »lassen Sie uns unseren heutigen Stargast mit großem Applaus willkommen heißen!«

Alle klatschen. Eine schlanke, schwarzgekleidete Gestalt sprang auf die Bühne. Ich dachte, ich befände mich in einer Art Tagtraum oder noch im Tiefschlaf, denn der Mann, der nun dem Marktleiter auf die Schulter klopfte, war niemand anders als der Architekt. Er hatte sich beziehungsweise sein Image vollkommen verändert: Statt des Anzugs trug er nun einen schwarzen Rollkragenpullover und eine enganliegende Röhrenjeans, was seinen schlanken, fast aerodynamischen Körper betonte und ihn plötzlich viel jünger aussehen ließ.

Vielleicht eine architektonische Überprüfung des Küchenstudios, dachte ich und senkte meinen Kopf, um unerkannt zu bleiben.

»Der Kochkunstautor Paul Hünerli!« Die Stimme des Marktleiters überschlug sich.

Erst als sich der Architekt ans Publikum wandte, das daraufhin in tosende Beifallstürme ausbrach, erst da verstand ich, dass er und Paul Hünerli ein und dieselbe Person waren, obwohl er unseren gemeinsamen Vertrag mit einem anderen Namen unterschrieben hatte. Der Applaus verstummte in stiller Ehrfurcht, als er zum Publikum sprach:

»Liebe Gourmets und Gourmands, ich freue mich, dass Sie so zahlreich erschienen sind an diesem symbolträchtigen Ort, an dem das Kommen und Gehen in seiner ganzen Deutlichkeit zu Tage tritt. Der Supermarkt als Stätte der Begegnung, des Miteinanders, des friedlichen Nebeneinanders. Ort des Austausches, manchmal auch Umtausches. Ob Mikrokosmos, Kokon oder Refugium, ein jeder wird seine Bezeichnung haben für diesen Raum, der Schutz bietet vor der Außenwelt und uns dabei in sein typisches, nie erlöschendes Licht taucht. Wäre ich ein Dichter, zu welch Versen würde mich diese Atmosphäre inspirieren! Hören Sie nur das sanfte Brummen des Tiefkühlregals!« Er tat so, als würde er lauschen.

Irgendwann, sagte ich mir, werde ich aufwachen aus diesem absurden Traum.

»Wie gut kann ich mich noch an den Bau des Gebäudes erinnern«, sprach er weiter, »als die Proteste der Anwohner gleich nach dem Richtfest begannen. Zu funktional!« Er grinste. »Doch kaum füllten sich die ersten Regale, schien das Gebäude niemanden mehr zu interessieren und auch nicht die Tatsache, dass es mit einem bedeutenden Architekturpreis bedacht wurde. Kaum öffneten sich die Türen der wunderbaren Warenwelt, wurden sie fast eingerannt von gierigen Massen …«

Der Marktleiter simulierte eine Hustenattacke, um die laute Mikrofonstimme des Architekten – oder sollte ich Paul Hünerli sagen – um also Paul Hünerlis Stimme zu übertönen, welcher auch sofort und genau richtig reagierte, indem er einlenkte:

»Doch ich bin kein Dichter, sondern Kochkünstler.«

Er lächelte versöhnlich. Die Menge schwieg, beeindruckt vom Vorwurf und vom Charme des Architekten und auch mir hatten seine Worte sehr imponiert, deckten sie sich doch mit meiner persönlichen Einstellung auf fast magische Art und Weise.

»Was bedeutet Kochkunst?«, fragte der Architekt und blickte in die Ferne, dorthin, wo sich das Regal mit den kulinarischen Genüssen für Hund und Katze befand.

»Essen hält Leib und Seele zusammen, sagt man. Die Kunst des Kochens bildet demnach die Basis unserer Existenz mit all ihren Fragen: Was bin ich mir wert? Was lasse ich zu? Wofür nehme ich mir Zeit? Was gebe ich anderen? Wo wage ich Neues? Kochen ist ein Ausdrucksmittel, wie die Malerei, das Schreiben, das Bauen.«

Nun lief er über die Bühne. Ich drehte meinen Kopf nach rechts zur Süßwarenabteilung. Zwar saß ich ganz außen und hatte Locken, aber ich wollte kein Risiko eingehen.

»Doch Kochen ist noch viel mehr, meine sehr verehrten Damen und Herren.«

Jetzt setzte er sich an den Bühnenrand. Ich bückte mich und tat so, als binde ich meine Schuhe.

»Kochen ist erst in zweiter Linie die Auseinandersetzung mit dem Essen, im Vorfeld jedoch die mit dem Arbeitsgerät, dessen Form und Materialien.«

Seine Stimme wurde leiser, er ging zurück ans Stehpult, wie ich, während ich mich wieder aufrichtete, aus den Augenwinkeln erkennen konnte.

»Dass der Auseinandersetzung mit dem Arbeitsgerät die mit der Kücheneinrichtung vorausgeht, liegt auf der Hand. Denken Sie immer daran: Das Auge kocht mit!«

An dieser Stelle hielten einige der Zuschauer ihre Digitalkameras hoch, um Paul Hünerli im richtigen Licht und in optimaler Position festzuhalten. Ein paar machten sich sogar Notizen. Er lächelte.

»Entfernen Sie die Haut von zweihundertfünfzig Gramm Kichererbsen. Dieser Vorgang, bei dem Sie die gekochte Hülsenfrucht zwischen Daumen und Zeigefinger reiben, dauert zirka dreißig Minuten. Stellen Sie sich vor, Sie müssten eine halbe Stunde in einem Raum verbringen, in dem Sie sich schon lange nicht mehr wohlfühlen, weil das Mobiliar dem Zeitgeist und auch Ihren ästhetischen Ansprüchen nicht mehr genügt!«

Zwangsläufig musste ich an meine Küche denken und kam zu dem Schluss, sie komplett durch eine neue zu ersetzen, da eine phasenweise Modernisierung Stückwerk und viel zu aufwendig wäre. In der Atmosphäre einer durchdesignten Küche könnten Roma Radomil und ich unsere Brathähnchen noch besser genießen, würden doch in so einem Ambiente Gaumenfreude und Augenschmaus aufs Wunderbarste verschmelzen. Ich beschloss, baldmöglichst mit dem Architekten in Kontakt zu treten, der für mich immer noch mein Baumeister war und nicht Paul Hünerli, um ihn mit der Planung zu beauftragen.

Wer weiß, dachte ich, vielleicht könnte man ja später das Thema unauffällig auf den Abriss der Mauer lenken.

»Nehmen wir einmal das Wort Geschmack und analysieren es auf seine verschiedenen Bedeutungen«, hörte ich aus der Ferne, »beim Thema Kochen denken wir natürlich als erstes an das gustatorische System, das sich hauptsächlich auf unserer Zunge befindet. Und, wie wir eben erfahren haben, formt auch die Einrichtung der Küche den Geschmack, den ästhetischen Blick auf das, was uns umgibt und das, womit wir uns in unserer Privatsphäre umgeben wollen.«

Paul Hünerli entfernte sich nun wieder von seinem Stehpult, um im Zick-Zack auf der Bühne hin- und herzulaufen. Ich folgte seinen Bewegungen mit dem Oberkörper, weil ich meine eigene Statik nicht mehr länger aushielt und mich das dauerhafte Sitzen auf Stühlen nervös macht und beklemmt und ich auf diese Weise immer auf Distanz zu ihm bleiben konnte.

»Näheres zum Thema Geschmack finden Sie in meinem neuesten Bestseller *Die Ästhetik des Kochens*. Heute jedoch möchte ich über die Wandelbarkeit der Hülsenfrüchte referieren, die ja gerade im Orient die Grundlage für eine Vielzahl köstlicher Gerichte bilden. Und es waren übrigens die orientalischen Speisen, die mich an die Kochkunst heranführten, Speisen, deren Namen sich schon so märchenhaft anhören, wie zum Beispiel Salat der rosa Prinzessin, Frauenschenkel-Frikadellen oder Engelshaar-Dessert.«

Ich horchte auf. Das waren ja die Gerichte, die ich Paul Hünerli, nein, dem Architekten kredenzt hatte und für die ich nächtelang in der Küche gestanden hatte, um am nächsten Tag das perfekte Menü auf den Tisch zu zaubern.

»Zu jenen Zeiten stellte ich noch etwas fest«, fuhr er fort, »ich bemerkte, dass mir die Speisen am besten dann gelangen, wenn ich sie frühmorgens kochte. Und während alle anderen noch schliefen und ich, den Duft frischer Kräuter und Gewürze einatmend, alleine in der Küche stand, fragte ich mich, welchen Sinn die Schlafenden wohl ihrem Leben geben. Dies alles ist nachzulesen in meinem ersten Bestseller *Aus der Küche des Paschas*.«

Mein Herz schlug heftig. Immerhin waren es meine Worte, die da aus Paul Hünerlis Mund kamen, die von ihm mit einer Selbstverständlichkeit wiederholt wurden, als seien es seine eigenen. Mein erster Reflex war, schreiend aufzuspringen und mich wie ein hungriger Löwe auf ihn zu stürzen, doch gehörte ich nicht zu denen, die das Bad in der Menge genießen. Und wer würde mir, einer gescheiterten Autorin, schon glauben? Paul Hünerli hatte meine Rezepte gestohlen und sie zu einem Buch verarbeitet, das ihn reich und berühmt gemacht hatte, soviel stand fest.

»In diesem Buch spielt die Kichererbse eine große Rolle. Denken wir doch einfach an Hummus«, sagte der Dieb.

»Meine sehr verehrten Damen und Herren, nach einer kurzen Pause werde ich Ihnen aus beiden Büchern eine sogenannte Kostprobe geben. Wir sehen uns in fünfzehn Minuten wieder!«

Ich nutzte den Beifall, um abzuhauen aus dem Zuschauerraum und dem verdammten Supermarkt. An der Kasse lag ein verschweißtes Exemplar des Bestsellers, das offenbar jemand nach dem Bezahlen hatte liegen lassen. Ohne groß darüber nachzudenken, steckte ich es ein.

10

»Und was ist denn jetzt eigentlich das Schlimme?«, fragte Roma Radomil und blickte mich mitleidig an: »Dass der die Rezepte veräffentlicht hat, kanns ja nicht sein, denn das hättest ja auch machen kännen.«

Ich lief heulend in der Küche auf und ab. Ich hatte Roma Radomil alles erzählt, vom Namor, meiner gescheiterten Schriftstellerexistenz und dem unfähig boshaften Mauz. Sogar über die Superbrüste hatte ich mich beklagt, ohne die heutzutage niemand als ernstzunehmender Autor debütieren könne.

Roma Radomil schüttelte den Kopf: »Da schickst die Frauen einmal zum Einkaufen und gleich geht die ganze Welt unter.«

Er blätterte in dem Buch. »Auf dem Foto sieht der doch ganz nett aus, der Hienerli. Ganz schän schlank fier jemanden, der sich mit dem Kochen beschäftigt … Na ja, er scheint ja auch mehr der Theoretiker zu sein, ein fast poetischer Ansatz …«

Und ihm fiel nichts Besseres ein, als ausgerechnet mir, der Betrogenen, aus dem Buch vorzulesen, dessen Autor nun zu meinem zweiten Erzfeind geworden war.

»Kochen und Sinnlichkeit: Meist essen wir, weil es unser Tagesablauf vorgibt oder ein Ereignis, so dass wir das Essen immer mehr als einen notwendigen, mitunter lästigen Termin empfinden, als etwas, das wir so schnell wie mäglich hinter uns bringen wollen, da scheinbar wichtigere Dinge auf uns warten. Genauso verhält es sich natierlich mit dem Kochen. Wozu Stunden aufwenden fier eine Mahlzeit, die man doch sowieso in ein paar Minuten verschlingt? Nehmen Sie sich Zeit! Genießen Sie das Essen einmal mit geschlossenen Augen. Wären Sie ieberhaupt in der Lage zu erkennen, aus welchen Zutaten es besteht? Wie fiehlen sich Gewierze an? In welche Stimmungen versetzen Sie Koriander, Zimt oder Kurkuma? Setzen Sie auch beim Kochen alle Sinne ein: Schließen Sie die Augen, während Sie die Kichererbse zwischen Daumen und Zeigefinger reiben, bis sich das Häutchen läst und sich Ihnen ein völlig unerwarteter neuer Farbton zeigen wird.«

Roma Radomil war tief beeindruckt: »Der Mann schreibt sehr schäne Dinge.«

Das machte mich fuchsteufelswild: »So ein dummes Geschwafel. Aber so ist es ja immer: Wer am besten schwafeln kann, kommt ganz nach vorne!«

»Was regst du dich denn so auf? Du schreibst jetzt in Ruhe deine Geschichte weiter und dann kommst bestimmt groß raus«, beschwichtigte er mich. »Bei den Locken«, fügte er dann noch hinzu.

Ich musste an den Rückweg vom Supermarkt denken, der der reinste Spießrutenlauf gewesen war: Zuerst die Menschen, die mir Flyer in die Hand drückten, auf denen erklärt wurde, dass die Gleisbauarbeiter in Streik getreten seien und um Unterstützung in jeglicher Hinsicht baten. In jeglicher Hinsicht, als dezenten Hinweis auf die Kontonummer einer gewissen Gleisarbeitergewerkschaft, die zu einer kleinen Spende für die Streikkasse aufrief.

»China lässt grüßen!«, schimpfte ich wütend und ließ die erstaunten Streikposten stehen. Dann diese Busse, wie sie, einer nach dem anderen, vorbeifuhren und doch alle eins gemeinsam hatten, das ich als Schlag ins Gesicht empfinden musste, als Backpfeife oder Ohrfeige, um bei den kulinarischen Ausdrücken zu bleiben: Von den Seitenfenstern grinsten Hunderte überlebensgroßer Paul Hünerlis auf mich herab. Als unverwüstbare Folie waren sie auf die Scheiben geklebt worden, so dass man keinen einzigen Fahrgast mehr sehen konnte und nicht einmal wusste, ob der jeweilige Bus nicht sogar leer war. Ein Paul Hünerli nach dem anderen lachte mich aus, schaute herab auf mich und meine zerrüttete Existenz, während man um mich herum streikte oder einen Bestseller nach dem anderen schrieb. Unter den hämisch grinsenden Hünerli-Visagen stand: Druckfrisch – *Die Ästhetik des Kochens*!

»Und da soll man nicht verrückt werden?«, schrie ich und warf das Buch in die Ecke.

»Heut hast ja richtig Temperament«, staunte Roma Radomil, »vielleicht sollten wir tanzen gehen?«

Was für eine unmögliche Idee! Tanzen gehen, wo ich doch gar nicht tanzte. Außerdem, fiel mir erst jetzt auf, waren Roma Radomil und ich noch nie an einem anderen Ort gewesen, als bei mir zu Hause, und seine Tischsitten machten mir keine allzu große Lust, mich mit ihm in der Öffentlichkeit zu zeigen.

»Ich kenn ein nettes Tanzcafé«, sagte er und hob das Buch auf. »Das wird dich auf andere Gedanken bringen.«

11

Paradiso stand in roten Lettern über der Bar, deren Tür Roma Radomil öffnete, um mir den Vortritt zu lassen: »Bitte schän!«

Den ganzen Weg hatte er diesen enormen Regenschirm schützend über meine Locken gehalten, kerzengerade wie ein Zepter, den sogenannten Paar-Schirm, wie er sagte, den er für besondere Anlässe gekauft habe, und während der ganzen Zeit fühlte ich mich äußerst wohl in seiner Gesellschaft, passten doch seine galanten Manieren zum dunkelblauen Nadelstreifenanzug und zu den geistreichen Späßen, mit denen er versuchte, mich aufzuheitern – was ihm durchaus gelang.

Fast wie in einem Schwarzweißfilm, fand ich, als wir durch die regennassen Straßen liefen, Arm in Arm eingehakt, so wie es damals üblich war. Hätte nur noch gefehlt, dass Roma Radomil mich über die Pfützen trug, denn schließlich hatte auch ich mich in Schale geschmissen, und zwar ins dunkelrot glänzende Abendkleid, das ich einst für den Architekten erworben hatte. Ich fühlte mich wie neugeboren an jenem Abend, nachdem Roma Radomil die dunklen Gedanken aus meinem Kopf vertrieben hatte.

»Der liebe Gott sieht alles«, hatte er gesagt und dieser kleine Satz beruhigte mich ungemein, klang er doch in meinen Ohren nach Gerechtigkeit, Rache und Vergeltung in einem.

Roma Radomil schob den schweren roten Vorhang zur Seite. Meine Augen gewöhnten sich nur langsam an das schummrige Licht, die stickig-schwüle Luft verschlug mir fast den Atem.

»Das wird gleich besser«, versprach mir mein Begleiter und führte mich durch die Tischreihen an einer kleinen Tanzfläche vorbei, über die sich ein ausgemergeltes Paar im Tangoschritt schob. Auch die anderen Gäste saßen zu zweit an den Tischen: Jeweils Mann und Frau, gut gehalten und gekleidet, jedoch zumeist im reiferen Alter, in der Generation Roma Radomils, wie ich trotz der nebulösen Atmosphäre noch zu schätzen in der Lage war.

Wir steuerten einen Tisch an. Das heißt, ich folgte Roma Radomil blind vertrauend, da ich mich doch eher ein bisschen fehl am Platz fühlte. Nicht unbedingt vom Alter her, sondern vor dem Hintergrund, dass die meisten Paare offensichtlich in mehr als platonischer Beziehung zueinander standen, sprachen doch ihre nicht mehr ganz so frischen Körper eine eindeutige Sprache – eine Mischung aus hemmungslosem Knutschen und Fummeln.

Ehrlich gesagt, bereute ich es schon ein bisschen, schwach geworden zu sein und mich auf das außerhäusliche Abenteuer mit meinem mir doch im Grunde genommen relativ unbekannten Mitbewohner überhaupt eingelassen zu haben.

Dieser jedoch meisterte die Situation mit Bravour: Als vollendeter Gentleman half er mir aus der Mantel und schob mir doch tatsächlich den Stuhl heran, so dass ich mich wieder in jenen Schwarzweißfilm versetzt glaubte und beschloss, mich, ohne groß darüber nachzudenken, endlich der ungewissen Situation zu stellen. Nach dem

Motto »Augen zu und durch!« kam ich nach einer kurzen und kühlen Analyse meiner Lebenssituation zu dem Schluss, in dieser Phase nichts, aber auch überhaupt nichts verlieren zu können.

»Champagner?«, Roma Radomil lächelte so fröhlich, dass ich trotz einer charakterbedingten Restskepsis nur noch nicken konnte und der Ober, der sich apachengleich auf leisen Sohlen angeschlichen haben musste, wie ich grinsend dachte, zog sich genauso diskret zurück, um uns das prickelnde Getränk zu bringen.

»Was gibt's zu lachen?«, fragte Roma Radomil immer noch lächelnd.

»Ach«, antwortete ich, »nichts Besonderes. Manchmal muss ich einfach lachen.«

»So? Das ist mir bisher noch gar nicht aufgefallen.« Er sah mich neugierig an, doch es gab nichts zu erzählen, wie ich fand.

»Die einfachsten Dinge sind immer die bästen«, sagte Roma Radomil tiefgründig, ohne näher darauf einzugehen.

Mit einem dezenten Knall öffnete der Apache die Flasche und goss den Champagner in unsere Gläser.

»Prästerchen!«, rief Roma Radomil. »Lass uns Briederschaft trinken.«

Wir hakten unsere Arme unter, wie man das so macht, und ab nun würde auch ich Roma Radomil duzen, kam mir in den Sinn, als wir uns jeweils ein sogenanntes Busserl auf die Wange drückten – er auf meine von der stickigen Luft erhitzte, ich auf seine kühle, weil dem Lebensende und der Leichenstarre nähere. Das alles ging mir durch den Kopf während des Trinkens und dem Bruderkuss, bei dem der Alkohol in mein Gehirn drang, wie die Gedanken eines Fremden.

»Hättest doch öfter mal wieder was getrunken«, wollte mir jener einreden, »dann wär die Wirkung jetzt nicht so stark.«

»Feines Träpfchen«, lobte Roma Radomil und goss uns nach.

»Yeah«, stimmte ich zu, als ob es eine andere gesagt hätte.

Nun änderte sich die Musik, ein Foxtrott vielleicht. Die Paare stoben auf die Tanzfläche, während die Tangofraktion, hoch erhobenen Hauptes und sichtlich beleidigt, auf ihre Plätze zurückkehrte.

»Darf ich bitten?«, Roma Radomil stand vor mir und sah mich erwartungsvoll an.

»Besser nicht«, antwortete ich, »ich kann nicht tanzen.«

»Ich werd's dir beibringen«, sagte er, »wennst noch einen Schluck nimmst, geht's gleich viel leichter.«

Doch auch das nächste Glas änderte nichts an meiner Feigheit und auf meinen Rat, sich doch nach einer passenderen Tanzpartnerin umzuschauen, reagierte Roma Radomil mit vehementem Kopfschütteln.

»Kommt gar nicht in Frage. Heute Abend bist du meine Begleitung.«

Süß, dachte ich beim Nachfüllen meines dritten Glases, wie Roma Radomil auf einmal den Gentleman mimt oder, wovon sogar auszugehen ist, nun seinen wahren Charakter zeigt.

Da könnte sich so manch einer eine Scheibe von abschneiden, fand ich, mich im selben Moment über den Ausdruck wundernd, der doch etwas ungeheuer Sadistisches an sich hatte, falls ich ihn richtig interpretierte.

Die Musik hatte inzwischen noch einmal gewechselt und man spielte eine Art Beat, zu dem wohl auch ich hätte tanzen können, wäre nicht genau in diesem Moment die Tür aufgegangen und ein Mann mit schwarzem Rollkragenpullover und einer enganliegenden Röhrenjeans in den Raum getreten, in Begleitung eines zweiten, der keinen Rollkragen trug. Konnte er auch gar nicht, weil sein Hals viel zu kurz war. Der Kopf thronte sozusagen auf den Schultern des Mannes, der niemand anders war, als der geizige, von boshafter Gier zerfressene Schnäppchenjäger und Möchtegernliteraturvermittler Mauz, Inhaber einer der renommiertesten Agenturen des Landes ...

Ich hickste.

»Hoppala«, rief Roma Radomil, »hast dich verschluckt?

Die beiden Neueingetretenen wurden sofort vom Apachen begrüßt und an einen Tisch geführt, in dessen Mitte eines dieser ärgerlichen Reserviert-Kärtchen stand. Paul Hünerli setzte sich mit dem Rücken zu mir, so dass ich gezwungenermaßen nur das durchtriebene Gesicht des Mauz sah, der gerade seine Brille aufsetzte, um die Getränkekarte zu studieren.

Was machte der Mauz in einer Stadt, die er doch eigentlich nur besuchte, um den bedeutenden Autor Popp zu treffen – und woher kannte er den Hünerli? Mir schwante Böses …

»Aufwachen!« Roma Radomil schnipste mit den Fingern: »War's denn wenigstens ein schäner Tagtraum?«

Obwohl ich ihm vor kurzem noch alles erzählt hatte, von mir und dem Mauz und dem Hünerli, brachte ich es nicht übers Herz, ihm zu beschreiben, was sich gerade hinter seinem Rücken abspielte. Stattdessen bemühte ich mich, seinen Kopf als Schutzschild nutzend, die Szene aus dem Verborgenen zu observieren – als stille Beobachterin mit eindeutig masochistischen Zügen den Blick auch dann nicht abzuwenden, wenn es am meisten schmerzte.

Und das tat es in dem Moment, als sich plötzlich scharenweise Leute von den Tischen wegbewegten, hin zu Paul Hünerli, um ihm ihre unter die Arme geklemmten Kochbücher vor die Nase zu halten – auf der ersten Seite geöffnet, so dass er, der seinen Füllfederhalter in Sekundenschnelle aus der hinteren Gesäßtasche zog, diese erste Seite nicht nur signieren konnte, sondern scheinbar eine komplette Widmung mit Namen des Kochbuchbesitzers schrieb, wenn ich das aus meinem Versteck richtig erkannte.

Plötzlich änderten sich die Rhythmen der Musik und anstelle der flotten Beats ertönte zu hektischen Gitarrenklängen die schaurig-schöne Stimme eines Flamenco-Sängers.

»Du entschuldigst«, bat Roma Radomil und sprang auf. Während er Richtung Tanzfläche eilte, hielt ich die

Getränkekarte vor mein Gesicht, mit welcher ich mir zur Tarnung Luft zufächelte, ohne jedoch das Geschehen vor mir aus den Augen zu verlieren. Doch es war nicht nur die Schlange der Widmungsjäger, die mich überraschte, sondern gleichermaßen Roma Radomil, der nun zu den dramatischen Flamenco-Rhythmen tanzte – voller Eleganz, Stolz und Wut und einer ungeheuren Männlichkeit, jeden Schritt perfekt auslotend und jede Armbewegung, so dass ich meinen Blick nicht lösen konnte und nur ab und zu hinüber schaute zu dem belagerten Tisch, an dem sich der gefragte Autor im lässigen Smalltalk mit seiner Leserschaft befand.

An diesem Abend ertappte ich mich dabei, für Roma Radomil respektive Radomil zu schwärmen, der ja ein verborgenes Talent war, ein ebenfalls Unentdeckter. Einer jedoch, der sich nicht darüber beklagte, keine Existenz als Flamenco-Tänzer zu führen, sondern sich mit dem Leben eines ausgebeuteten Papiermüllsammlers zufrieden gab. Ich schämte mich.

Schließlich wurden auch die anderen auf ihn aufmerksam, so dass sich die Traube vor Hünerlis Tisch langsam löste und wegwanderte, Richtung Tanzfläche, vor der sie laut in die Hände klatschte, im staccatohaften Flamenco-Rhythmus Radomil anfeuernd, welcher nun, das Oberhemd weit aufgerissen, das Gesicht mit den geschlossenen Augen wie vom Schmerz verzerrt, seinen eigenen Takt stapfte – auch als die Musik schon längst zu Ende war. Es war eine beeindruckende Vorstellung, die von den Anwesenden mit lauten Zugabe-Rufen quittiert wurde. Nur zwei Gäste würdigten sie keines Blickes, sondern tranken, scheinbar ins angeregte Gespräch versunken, ihren Rotwein. Der Applaus wollte nicht enden, auch nicht, als Radomil sein Sakko vom Boden aufhob und sich auf den Weg machte zurück zu unserem Tisch, an dem ich auf ihn wartete, jedoch nun auf der gegenüberliegenden Seite, um kein Risiko einzugehen.

»Sie waren wunderbar!«, rief ich und drückte ihm einen Kuss auf die Wange.

»Man ist nicht mehr der Jiengste.«

Er setzte sich auf den Stuhl und trocknete sich mit einem Stofftaschentuch den Schweiß von der Stirn, dann knöpfte er das nasse Hemd über der behaarten Brust zu.

»Sie haben mir nie etwas davon erzählt«, sagte ich und drohte neckisch mit dem Zeigefinger.

»Jeder hat sein Geheimnis. Iebrigens sind wir doch inzwischen per du!«

Er trank einen Schluck Wasser aus der Flasche, die der Apache unbemerkt auf unseren Tisch gestellt hatte.

»Warum haben wir die Plätze getauscht?«

Roma Radomil erschien mir auf einmal wie ein enger Vertrauter. Er war einer, von dessen Geheimnis ich auf diese mehr als überraschende Art und Weise erfahren durfte, einer, in dem das Feuer loderte, in dem es brodelte wie in einem Vulkan und der dieses lodernde Brodeln Tag für Tag unterdrücken musste, weil sein Schicksal es so verlangte. Ich beschloss, alles zu sagen und erzählte vom Mauz und vom Hünerli, welche vorhin in das Paradiso eingedrungen seien, um diesen Ort, diese heilige Stätte, für ihre schamlosen Werbezwecke auszunutzen, da sowohl der Mauz als auch der Hünerli mit ihrem

Besuch nichts anderes verfolgten, als die Aufstockung ihrer Bankkonten und dass auch die Zeit, die sie mit anderen verbrachten, nur der Vermögensbildung diene, beziehungsweise dem Aufblasen ihres defizitären Egos. Ich nahm einen Schluck Wasser, da mein Hals zu kratzen begann. Die Luft wurde immer trockener.

Dass ich ihm doch erzählt hätte, der Mauz würde gar niemanden vermitteln, sprach Roma Radomil an. Ob ich mich da vielleicht getäuscht haben könne?

Dieser Gedanke versetzte mir einen gewaltigen Stich, beinhaltete er doch die Möglichkeit, dass mein Scheitern nicht ausschließlich an der Faulheit des Literaturagenten lag, sondern an meinem schlechten, weil unvermittelbaren Manuskript. Die verbrauchte Luft, der Alkohol und diese Erkenntnis machten mich schwermütig, doch Radomil gab mir ein Zeichen, mich umzudrehen.

Ich glaubte, meinen tränenden Augen nicht zu trauen, als ich seiner Handbewegung folgte und mein Blick auf die Tanzfläche fiel, über die gerade ein einziges Paar im Tangoschritt stakste, wobei der Rollkragenpullover offensichtlich den Halslosen führte, wenn ich es richtig deutete.

Was für ein verrückter Abend, dachte ich, da wird man einmal ausgeführt und schon erlebt man mehr, als in all den Jahren zuvor.

»Die Leute haben Ideen«, sagte Radomil und schüttelte seinen Kopf: »Man mächts nicht glauben!«

Er würde nun gerne gehen, das Tanzen habe ihn ganz »schän erschäpft«.

Nichts lieber als das, dachte ich. Wir schlichen Richtung Tür, ließen die Eindrücke hinter dem roten schweren Vorhang zurück, als gehörten sie nicht uns, und traten hinaus in die Nacht.

Wir liefen schweigend nach Hause – und mit einer gewissen Distanz. Radomil hatte den Regenschirm im Paradiso vergessen, der uns auf dem Hinweg noch vereinte, jetzt jedoch auch völlig überflüssig gewesen wäre, da es inzwischen aufgehört hatte zu regnen. Unsere Schritte klapperten auf dem Kopfsteinpflaster, obwohl wir uns bemühten, leise zu gehen, so als wolle einer dem anderen die eigene Anwesenheit vergessen machen. Hatten wir uns in der erhitzten Luft des Paradiso noch eng verbunden gefühlt, so trennte uns nun die klare, frische Nacht. Funkelnde Sterne standen über oder zwischen uns, ich fand keine Erklärung. Vor dem geschlossenen Eingang eines Kinos blieb Radomil stehen, sah mich an, als wolle er ...

»Ich mächt dir was sagen«, begann er, doch er ging weiter, einfach weiter, ohne loszuwerden, was ihm auf dem Herzen lag.

Irgendwann standen wir vor unserem Haus, staunend, da die weißen Blüten des Magnolienbaums nun die Größe der Straßenlaterne erreicht hatten.

Das käme vom natürlichen Dung, meinte Radomil: »Alles Bio!«

Wir beschlossen, den Baum am nächsten Tag zu fotografieren und wünschten uns eine gute Nacht.

Natürlich ging ich noch nicht ins Bett. Wie hätte man auch schlafen können, bei all der Aufregung und Neugier – Charakterschwächen, die einen stattdessen an den Computer trieben und auf die Website der Literaturagentur Mauz. Und tatsächlich: Unter dem geschmacklosen Begriff Mauz-News entdeckte ich das Schwarzweiß-Porträt Paul Hünerlis, dazu als Bildunterschrift folgenden Text:

Die Literaturagentur Mauz gibt bekannt, vor kurzem den Starautor Paul Hünerli an sich gebunden zu haben. Wir freuen uns auf eine erfolgreiche Zusammenarbeit und eine vielversprechende Zukunft!

Bis dass der Tod euch scheidet, dachte ich, schaltete den Rechner aus und legte mich hin.

TEIL VIER

1

Schon das Aufwachen war kein Vergnügen, so verkatert, wie ich mich fühlte. Mein Kopf schien gerade auseinanderzubrechen und die geschwollenen Nebenhöhlen ließen kein Atmen zu. In der Stirn saß die Wut über die für meine Misere Verantwortlichen, denn Schuld hatten sie alle auf sich geladen: die bestsellerlistengläubigen Mitläufer, der Ober, der mich zum Trinken des Teufelszeugs verführte, und natürlich Hünerli und Mauz als Hauptverursacher, deren Schicksal mit meinem auf unergründliche Weise miteinander verwoben sein musste – wie sonst ließen sich unsere »rein zufälligen« Begegnungen erklären?

Die erste Tat an jenem bereits im Vorfeld vereitelten guten Tag war mein Besuch auf www.agentur-mauz.de der ja nur böse enden konnte, was sich auch spätestens beim Anklicken der Mauz-News bestätigte, denn in fetten Lettern stach mir folgende Botschaft ins Auge:

PAUL HÜNERLI
LEBENSENTWÜRFE EINES BAUMEISTERS
Das neue Buch von Paul Hünerli erscheint
in Kürze im Barchfeld-Verlag.

Mein Kopf schmerzte nun so stark, dass ich kurz überlegte, mich aus dem Fenster zu stürzen und zu jenem Zweck sogar meinen Computer verließ und durch die Mauer kroch, hin zu besagtem Fenster, das mir als Rettung erschien oder als Tor zum Paradies. Schon beim Öffnen spürte ich, dass etwas in der Luft lag, die Lautstärke der Autos nämlich wurde überdeckt von menschlichen Stimmen, die nicht wirklich menschlich klangen. Tatsächlich stand unten eine Horde Wilder oder Künstler, zumindest Leute mit langen Haaren und Bärten, die sich, mit Äxten bewaffnet, um die Magnolie postiert hatten. Ein paar Frauen entfalteten ein grünes Transparent:

ACHTUNG! ACHTUNG!
DIES IST EINE GENMANIPULIERTE MAGNOLIE!
NIEDER MIT DER GENTECHNOLOGIE!

Und wie ich den Rufen dieser armen Irren entnahm, planten sie nun das Fällen des heißgeliebten Baums. Zur Rechtfertigung ihrer Aktion hielten sie auch eine Unterschriftenliste bereit, die meine Vorurteile gegenüber demokratischen Systemen bestätigte: Nie, aber auch niemals, zeigte sich mal wieder, sollte dem Mob zu viel Macht in die Hände gespielt werden, riskiert man doch auf die Weise, eines Tages an den Folgen verheerender Mittelmäßigkeit zugrunde zu gehen.

Wie Kriegsbeile schwangen sie ihre Äxte, die sogenannten Naturschützer.

»Denkt an den Platz des himmlischen Friedens!«, schrie ich aus dem Fenster, doch sie nickten mir nur lachend zu. Wahrscheinlich dachten sie, ich stünde auf ihrer Seite.

Ich rannte durch die halbe Wohnung und klopfte an das Gästezimmer, aus dem ein verschlafener Radomil trat. Nachdem ich ihm die Dramatik der Situation geschildert hatte, kehrten auch seine Lebensgeister schlagartig zurück. Er überlegte kurz und sagte: »Wasser!«

Wir holten zwei Eimer aus dem Raum, in dem die Bauarbeiter ihre Materialien stehen gelassen hatten, füllten sie bis oben hin und begossen die Köpfe der Anarchisten. Die Leute stoben fluchend auseinander. Immer wieder liefen wir, ich von der Spüle, Radomil vom Bad aus, an das Fenster und kippten die Eimer aus, bis sich niemand mehr in der Nähe des Baumes befand. Erleichtert fielen wir uns in die Arme und jubelten, ließen uns jedoch auch schnell wieder los, als sei eine so ausgelassene Fröhlichkeit nicht mehr ganz altersgemäß, als dürfe man in unseren Generationen seine Freude nur noch auf dezente Art und Weise zum Ausdruck bringen, durch ein gütiges Lächeln vielleicht, höchstens aber durch eine nach innen gewandte Zufriedenheit.

Er müsse nun unbedingt seine Morgentoilette nachholen, meinte Radomil, den ich, wie mir nun bewusst wurde, vorher noch nie in einem Pyjama oder Schlafanzug gesehen hatte, obwohl auch dieser ihm eine gewisse Würde verlieh, da er, gestärkt und auf Falte gebügelt, von einer schlichten, zeitlosen Eleganz war. Ja, Radomil war schon ein besonderer Typ. Er hatte Stil, seinen eigenen Kopf und eine Disziplin, die ihresgleichen sucht. So wollte er noch vor dem Frühstück ein Konzept erarbeiten, mit dem wir gegen die Magnolienmörder vorgehen würden, da »Menschen dieses Kalibers« sich von ein paar Tropfen Wasser nicht einschüchtern ließen. Im Gegenteil, wie Radomil befürchtete, würde unsere aus der Not geborene Reaktion eher noch ihre Angriffslust steigern und sie zur konsequenten Durchführung der grausamen Tat anspornen.

»Und wenn sie die Magnolie in der Nacht fällen«, sagte er mit unheilvollem Ton in der Stimme und wieder einmal beeindruckten mich seine Menschenkenntnis und Weitsicht.

Der Tag, an dem Radomil von mir ginge, dachte ich, wäre ein verzweifelter und die Lücke, die er hinterließe, eine unerträgliche.

Ich beschloss, mich auf der Stelle dem Namor zu widmen, um meine ganze Wut und Angst in mein Schreiben zu lenken. In die nächsten Reihen des Topflappens, der nur weiterwachsen konnte, wenn ich mich so konsequent und diszipliniert auf ihn konzentrierte, wie es auch der Hünerli getan haben musste, welcher binnen einer unglaublich kurzen Zeit mehrere Bücher nicht nur geschrieben, sondern auch gleich ins Verlegte gebracht hatte. Mit meinen Rezepten und der Hilfe des hinterlistigen Mauz, wie ich bitter dachte.

Und dennoch musste er, der Hünerli, mit einem außerordentlichen Arbeitseifer und Ehrgeiz an die Sache gegangen sein, ohne sich von den Begleitumständen irritieren oder gar aus der Bahn werfen zu lassen, und hatte stattdessen, durch die vollzogene Verschlankung des eigenen Körpers angetrieben, all das Überflüssige aus seinem Leben verbannt und sich ausschließlich dem Häkeln seiner Topflappen gewidmet – verbissen und nur den Erfolg vor Augen.

Die werden sich noch alle wundern, tippte ich durch dieses Bild angestachelt. *Eines Tages werde ich der neue Hünerli sein. Frau Hünerli. So schnell wird keiner bestellen können, wie ich schreibe, und auf Jahre werden die Bestsellerlisten ausgebucht sein mit meinen Titeln oder Topflappen, ob mit und ohne Oberweite*, schrieb ich, *denn auch ein Hünerli ist ja nicht mehr der Jüngste, obwohl man ihm eine drastische Veränderung seines Äußeren zum absolut Positiven schon zugestehen muss ...*

Bei genauerer Betrachtung hatte der heutige Hünerli nichts, aber auch gar nichts gemeinsam mit dem Architekten von damals, der doch eher eine bürgerliche, also in keinster Weise zeitgemäße Erscheinung gewesen war. Ein Einstecktuchträger mit ausgeprägtem Nervenleiden, das er sich im Laufe seiner Hünerli-Werdung abgewöhnt zu haben schien. Eine bewundernswerte Wandlung eigentlich, war doch vom Heben der rechten Augenbraue nichts mehr übrig geblieben. Er hatte an diesem statischen Problem gearbeitet und seine Gesichtszüge nun unter Kontrolle gebracht. Kein Heben mehr, nicht einmal der kleinste Ansatz einer Bewegung, soweit ich das beurteilen konnte. Vielleicht hatte er auch mit einem kleinen Eingriff nachhelfen lassen, grübelte ich und kam auf die verrückte Idee, dass möglicherweise sogar sein Abspecken nicht auf Disziplin zurückzuführen war, sondern lediglich auf die Künste eines plastischen Chirurgen, der am Körper des Architekten mehrfach Hand angelegt haben musste.

»Wir brauchen eine Wäscheleine.«

Radomil riss mich aus meinen gehässigen Gedanken, indem er mir seinen Plan beziehungsweise unsere weitere Vorgehensweise erklärte:

»Wir werden uns am Baum festbinden. Und zwar noch vor Anbruch der Nacht!«

Diese Lösung erschien mir doch eher unausgegoren, aber nachdem ich meine Zweifel geäußert hatte, sagte er:

»So gewinnen wir wenigstens ein bisschen Zeit und können später Unterschriften gegen das Fällen sammeln.«

Er müsse jetzt schnell weitermachen, die Geschäfte warteten schon. Schließlich werde man in seinem Berufszweig nach Leistung bezahlt und nicht für die Theorie, zwischen welcher und der Praxis sich doch oft genug wahre Abgründe auftäten ...

Ob er denn meinen Papierkorb mit den Korrekturen leeren dürfe, fragte er mich noch. Ich nickte schweigend, während mich diese maßlose Ungerechtigkeit bedrückte.

In was für einer Welt leben wir eigentlich, dachte ich verzweifelt, dass sich so einer wie Radomil, ein Naturtalent des Flamencotanzes, derart abrackern muss, während andere nichts Besseres zu tun haben, als sich mit ihrer Gewinnmaximierung oder dem Fällen unschuldiger Bäume zu befassen.

Und ich erinnerte mich an den Tag, an dem wir uns gemeinsam aus dem Fenster lehnten, unseren Wunschbaum betrachtend, in höchster Konzentration und wie mir doch in dem Moment vor lauter Aufregung nichts eingefallen war, obwohl ich doch den einen Wunsch auch damals schon hatte …

War es wirklich so gewesen? Ein anderer, der beschämende Wunsch nach Radomils Verschwinden nämlich, tauchte in meinem grobmaschigen Gedächtnis auf und bewies, wie weit die Hinterlist auch schon von mir Besitz ergriffen hatte, obwohl ich zeitlebens felsenfest davon überzeugt war, sie stecke nur in all den anderen. Sogar in Radomil. Mir fielen meine Vorurteile ihm gegenüber wieder ein, hatte ich doch das Böse auf ihn projiziert und wörtlich gedacht, er sei von einer ungeheuren Schlechtigkeit – ja sogar, er sei der Teufel selbst, der in mein Leben eingedrungen war, um mich vom Schreiben abzuhalten. Dabei war es paradoxerweise erst mit ihm wieder ins Rollen gekommen. Und waren es täglich auch nur ein paar Zeilen, die ich schrieb, anschließend ausdruckte, abwandelte, strich, wieder einfügte, ergänzte …

Korrekturen, die im Papierkorb landeten, der nun nicht mehr vor zusammengeknüllten Blättern überquoll, sondern täglich von Radomil ausgeleert wurde, welcher sie einem guten Zweck zukommen ließ, um von diesem mickrigen Verdienst als Altpapiersammler seinen bescheidenen Lebensunterhalt zu bestreiten. Dieser Mensch erst hatte Ordnung in mein Leben gebracht und nicht nur das – von ihm konnte man lernen, sein Schicksal mit Würde zu tragen.

Nach dem Kauf einer Wäscheleine, deren Robustheit unseren Anforderungen entsprach, beschloss ich, würde ich das Thema auf eine gemeinsame Zukunft lenken beziehungsweise auf die Idee eines generationenübergreifenden Wohnprojektes, wie sie gerade hoch im Kurs standen.

2

Auf der Gleisbaustelle herrschte Hochbetrieb. Mindestens zwanzig Chinesen standen in der Grube und schaufelten unermüdlich Erde auf einen Hügel. Bald würde hier statt der penetranten Hünerli-Busse wieder die langersehnte Trambahn vorbeifahren, vielleicht würde ich ja eines Tages sogar mit Radomil einsteigen und einen Ausflug machen.

So könnte man zum Beispiel einfach mal bis zur Endstation fahren, um zu sehen, was einen dort erwartet, dachte ich.

Im Supermarkt war relativ wenig los an jenem Tag. Nur vereinzelt ein paar Kunden, darunter sogar Chinesinnen, in deren Einkaufswagen neben den erwarteten Glasnudeln überraschenderweise auch Papilloten-Pakete lagen. Von einer Leinwand lachten junge Frauen neckisch herab, die sich mit perfekten Fingern durch ihre glänzenden Locken fuhren und die langen Haare immer wieder nach hinten warfen – leichte bis mittelschwere epileptische Anfälle, wäre man zu diagnostizieren geneigt gewesen – bis die Musik von einer enthusiastischen Stimme unterbrochen wurde:

»Die neuen Papilloten lassen Ihre Locken glänzen!«

Der interessierte Kunde erfuhr, dass diese Papilloten ebenfalls aufblas- und aufheizbar waren, sich jedoch durch eine verbesserte Technik vom Vorgängermodell unterschieden. Die enthusiastische Stimme erläuterte, wie nach dem Aufblasen und mit dem Aufheizen eine Fettmembran aktiviert würde, die ein permanent shining in die feine Struktur des Haares transportierte, so dass dieses einen glänzenden, jedoch nicht fettigen Schimmer bekam.

Eine Verkäuferin beobachtete mich skeptisch, was ich als eine penetrante Art der Marktforschung interpretierte. Und was mich veranlasste, so zu tun, als interessiere ich mich für das neue Produkt, während ich in Wirklichkeit seelenruhig wartete, bis sie endlich wieder verschwand. Dann eilte ich zum Regal mit den Wäscheleinen. Eine robuste und hübsche sollte es sein. Keine blaue, grüne oder gelbe, dachte ich, am besten eine weiße. Während ich die unterschiedlichen Stärken durch festes Ziehen der Kunststoffseile testete, wurde ich das Gefühl des Beobachtet-Werdens nicht los – als sei ich von einer Horde Detektive belagert oder als wären sämtliche Videokameras ausschließlich auf mich gerichtet. Was nur paranoider Blödsinn sein konnte.

»Sie möchten bitte in das Büro des Marktleiters kommen!«

Die aus dem Nichts wieder aufgetauchte Verkäuferin signalisierte mit ernster Miene und forscher Handbewegung, ich möge ihr folgen. Und zwar auf der Stelle, unmittelbar und ohne Widerrede!

Was das denn zu bedeuten habe, wagte ich nicht zu fragen. Schweigend hinter ihr her stapfend, spielte ich stattdessen allerlei Gründe in meinem Kopf durch, die zu einem Treffen mit dem Marktleiter führen könnten und kam letztendlich zu dem Schluss, dass es nur einen wirklich plausiblen für unser Wiedersehen gab: Die Unterschrift zur Bestellung einer dieser sündhaft teuren

DÜLÜKS KÜCHEN, an deren Absatz der Marktleiter höchstwahrscheinlich mit einer nicht zu unterschätzenden Provision beteiligt war.

Das Büro glich einer Zelle. Als einzige Zierde gestattete man sich ein Bild an der Wand, auf dem chinesische, vielleicht auch japanische Schriftzeichen in einem undurchschaubaren Rhythmus abgebildet waren.

Mit dem Telefonhörer am Ohr, musterte mich der Marktleiter von Kopf bis Fuß, ohne mir einen Stuhl anzubieten oder mich wenigstens mit einer Geste willkommen zu heißen.

Und wenn es nur das Heben einer Augenbraue wäre, dachte ich verlegen und versuchte, mich auf die chinesischen Schriftzeichen zu konzentrieren, die mir so gar nichts sagen wollten. Die Arbeit eines Kalligraphen ist bewundernswert und sein Beruf ein ehrbarer, im Gegensatz zu dem eines Marktleiters oder Literaturagenten – oder eines Schriftstellers, der sich mit Hilfe ästhetischer Chirurgie einen Namen macht.

Was mir die Zeichen bloß sagen wollen, fragte ich mich, der chinesischen Sprache nicht mächtig und die Schrift einfach nur als das betrachtend, was sie in erster Linie war: Die Kunst der Kalligraphie, die sowohl Disziplin als auch eine ruhige Hand voraussetzt und einen Geist, der mit sich selbst im Einklang ist.

Außerdem Pinsel, Tusche und Reibestein, ergänzte ich und seufzte voller Hoffnung, mich eines Tages vielleicht doch noch vom Computer lossagen zu können, um meine literarischen Ergüsse aus dem Tintenfass zu schöpfen.

Zusätzlich zur Schönheit der Kalligraphien existierte noch eine zweite Ebene in meinem Kopf, in der sich die Gedanken mit einem ganz anderen Thema beschäftigten, nämlich mit meinem Körper, welcher gerade einer kritischen Musterung unterzogen wurde, die er, davon war auszugehen, mangels vorzeigbarer Körbchengröße nicht bestehen konnte, was mich darin bestätigte, zur Lösung des Problems eine umgehende Komplettsanierung anzudenken.

Spätestens morgen, plante ich, wird der Termin mit dem Spezialisten vereinbart, denn so kann es nicht mehr länger weitergehen.

Meine Gedanken sprangen also hin und her, von der Ebene der chinesischen Zeichen zu den Anzeichen des äußerlichen Verfalls, so dass ich am Ende wie betäubt vor dem im Chefsessel fläzenden Marktleiter stand.

»Wir werden auf jeden Fall Konsequenzen ziehen!«, brüllte dieser noch ins Telefon, bevor er mich aufforderte, auf einem zerschlissenen Hocker Platz zu nehmen.

Ich torkelte zur Seite, da mein linker Fuß eingeschlafen war. Er kribbelte, als stünde er in einem riesigen Ameisenstock und der Marktleiter besaß noch die Frechheit, mich zu fragen, ob ich etwas getrunken hätte. Wann meine ausgetrocknete Kehle das letzte Mal mit Flüssigkeit in Kontakt gekommen war, überlegte ich heiser und humpelte unbeholfen zu dem abgenutzten Sitzplatz.

»Ich habe Sie wegen einer sehr ernsten Angelegenheit hierher zitieren lassen!«

Der Marktleiter lehnte sich mit seinen Armen auf den Tisch und sah mir in die Augen, was zu einem plötzlichen Zucken meines rechten Lids führte und mich noch nervöser machte. Man hat ja schon allerhand gelesen. Die verschiedensten, fast mafiosen Methoden zur Unterzeichnung von Zeitungsabonnements gingen mir durch den Kopf, doch diese wurden meistens von Gruppen angewandt, von sogenannten Drückerkolonnen, während der Marktleiter als Einzelkämpfer zu agieren schien.

»Schauen Sie selbst«, er berührte die Taste eines Computers, auf dessen Monitor nun ein Film lief, der mich beim Besuch des Supermarktes zeigte: »Das sind Sie doch!«

Wo bleibt der Datenschutz, wollte ich rufen und damit gleichzeitig zum Ausdruck bringen, dass ich mit diesen Methoden der Marktforschung in keinster Weise einverstanden sei, mich jedoch, wenn es sich nicht vermeiden ließe, auf jeden Fall zum Kauf eines weiteren Paketes Papilloten bereit erklären würde. Wenn es sein muss, sogar zwei, wie ich hektisch hinzufügte.

»Sie wurden bei der Ausführung einer kriminellen Handlung beobachtet«, sagte der Marktleiter mit drohendem Unterton: »Leugnen hat keinen Zweck. Hier ist der Beweis!«

Im Zeitraffer lief ich noch einmal durch den Supermarkt, was mich durch die nun wuseligen, nervösen Bewegungen mehr als lächerlich aussehen ließ. Dann sah man mich in Zeitlupe zur Kasse flanieren, fast in Schwerelosigkeit schwebend, wo ich ein verschweißtes Buch in die Hand nahm, das offensichtlich jemand vergessen hatte, und mit diesem vergessenen Buch in der Hand, nun wieder im Zeitraffer, durch den schmalen Gang neben der unbesetzten Kasse laufen – vielleicht sogar flüchten, wie man aufgrund des Zeitraffertempos durchaus hätte schlussfolgern können.

»Meine Güte!«, rief ich.

»Es sieht sehr schlecht für Sie aus«, sagte der Marktleiter und zeigte die Szene gleich noch einmal.

Ich schwieg, dabei hätte sich alles so leicht erklären lassen. Doch aus welchem Grund sollte ich den Marktleiter in meine persönlichen Probleme einweihen, dachte ich. Was gingen ihn meine Misserfolge an und meine Beziehung zum frisch gekürten Erfolgsautor Paul Hünerli, den ich einst mit dem Bau einer Mauer quer durch mein Arbeitszimmer beauftragt hatte? Und wie überrascht, ja entsetzt ich war, besagten Baumeister in diesem Supermarkt wiederzusehen, nun jedoch als Paul Hünerli, der mithilfe meiner aus dem Internet zusammengesuchten Rezepte zum Star avanciert war, zum Kochbuchautor par excellence und seitdem ein Buch nach dem anderen schrieb und auch veröffentlichte – im Akkord, als sei er ein gemeiner Fließbandarbeiter.

»Ich werde Anzeige gegen Sie erstatten müssen«, der Marktleiter schaute – erst in meine Augen, dann auf meine Brüste – abwechselnd hin und her.

Dies ist der Zeitpunkt, dachte ich, ihn von seinem Vorhaben abzulenken und starrte demonstrativ auf die chinesischen Kalligraphien, die mir jetzt, in Anbetracht des Ernstes der Lage, ganz wunderbar erschienen, so als ginge ein magischer Zauber von ihnen aus.

»Sicherlich möchten Sie ihre Bedeutung wissen«, sagte der Marktleiter, nun ein wenig freundlicher, nachdem auch er meinem Blick gefolgt war und seine Augen auf den Schriftzeichen verweilten: »Soll ich sie Ihnen verraten?«

Ich nickte.

»Kein Feiertag, der kein Ende hat«, er lächelte, »ein altes chinesisches Sprichwort.«

»Kein Feiertag, der kein Ende hat«, wiederholte ich und war mir nicht mehr so sicher, ob es nicht besser gewesen wäre, das Sprichwort nur als Kalligraphie zu betrachten, von der ein magischer Zauber ausging und die so viele Interpretationsspielräume zuließ, Sehnsüchte, Poesie ... Kein Feiertag, der kein Ende hat.

Ich überlegte. Man würde mich verhaften und mit Handschellen auf das Polizeipräsidium bringen. Hunderte chinesischer Augenpaare, die aus der Baugrube auf mich blicken würden, voller Mitleid, da sie gewohnheitsgemäß nur mit dem Schlimmsten rechnen. Ich wollte die Chinesen weder beunruhigen noch verängstigen.

»Paul Hünerli ist ein Freund von mir«, hörte ich mich sagen, spontan und unüberlegt. Wie immer.

Der Marktleiter horchte auf und sah mich neugierig an: »DER Paul Hünerli? Der Literat?«

Ob man einen Kochbuchautor als Literaten bezeichnen dürfe, fragte ich mich, vor allem einen, der es nur mit gestohlenen Rezepten soweit gebracht hatte ... Doch ich wollte nicht kleinlich sein, vor allem nicht in Anbetracht der heiklen Situation.

»Ich habe all seine Bücher gelesen«, schwärmte der Marktleiter: »*Die Ästhetik des Kochens, Aus der Küche des Paschas* und seine Biographie – *Lebensentwürfe eines Baumeisters* – habe ich bereits bestellt.« Er schüttelte fassungslos den Kopf. »Und Sie sind mit ihm befreundet!« Er sah mich an. »Das muss ja eine unglaubliche Bereicherung sein, eine Freundschaft mit einem Weisen...« Eine leichte Röte überzog sein Gesicht: »Verzeihen Sie, wenn ich das so drastisch formuliere, doch Paul Hünerli ist ein Mensch von Gottes Gnaden.«

Seine Fragen zu seinem Idol als Privatmensch beantwortete er zum Glück gleich selbst, so brauchte ich nicht noch einmal zu lügen. Eine einzige Notlüge war ja erlaubt im Leben. Wie oft wird doch geschwindelt!

»Sicherlich ist er auch ein begnadeter Tänzer«, vermutete der Marktleiter euphorisch, »er hat mir nämlich damals, bei unserer einzigen Begegnung hier in der Filiale, von seiner Faszination für den Tango erzählt. Wie passend zu seiner schlanken, hochgewachsenen Gestalt, seiner Eleganz und Intellektualität... Wahrscheinlich war er schon als Jugendlicher ein eher asketischer Typ, ein Mönch, der sich in seiner Küche, in Klausur, Gedanken machte über den Sinn, den die Menschheit ihrem Leben gibt...«

Es klopfte. Die Verkäuferin von vorhin steckte ihren Kopf durch die Tür und fragte, ob sie in die Mittagspause gehen könne.

»Gehen Sie nur«, rief ihr der Marktleiter erfreut zu und wandte sich wieder an mich: »Leider habe ich nun zu tun. Die Pflicht ruft. Um es mit den Chinesen zu halten: Ein Dummkopf, der arbeitet, ist besser, als ein Weiser, der schläft.«

Wir standen auf.

»Sehr erfreut, Ihre Bekanntschaft gemacht zu haben. Und grüßen Sie Paul Hünerli von mir!«

3

»Jetzt beruhig dich doch!« Roma Radomil packte das Hähnchen aus, für das er nach meiner aufgelösten Rückkehr extra aus dem Haus und an den Imbisswagen Happy Jack gegangen war, um meinen Zustand mit Hilfe des Geflügels positiv zu beeinflussen, da Essen, wie er beteuerte, Leib und Seele zusammenhalte. Und auch den Geist, der sich doch so manches Mal im Prozess eines schmerzhaften Umbruchs befinde. Nach Schockerlebnissen, wie er hinzufügte, oder generellen Enttäuschungen, die ja eigentlich, bei genauerer Betrachtung des Wortes, etwas Positives an sich hatten.

Er zerlegte das Hühnchen gekonnt und legte mir nur weißes, mageres Fleisch von der Brust auf den Teller. Die fettige Haut stehe meiner Genesung im Wege, da sie die Hirnwindungen nur unnötig belaste und verklebe. Außerdem kündigte er eine Überraschung an. Und zwar habe der Inhaber des Happy Jack, der mit Vornamen übrigens tatsächlich Jack heiße, ihm zwei Glückskekse mitgegeben, deren darin eingebackene chinesische Sprüche auf jeden Fall als Horoskop und Ratgeber zu verstehen seien: »Wer weiß, was die Zukunft noch Schänes bringt!«

Radomil goss mir ein Glas Leitungswasser ein und strahlte mich an: »Iss jetzt!«

Obwohl das Fleisch zart war und ohne den Hauch einer störenden Faser, geschweige denn wabbeligen Fetts, das gepfählte Hähnchen also offensichtlich lange genug, jedoch auch nicht zu lange, auf der metallenen Stange vor den glühenden Stäben rotiert sein musste und somit im wahrsten Sinne des Wortes durch war, bekam ich kaum einen Bissen herunter. Vielleicht, weil ich in diesem Durchsein etwas so Endgültiges sah und auch Unappetitliches beziehungsweise Verwerfliches. Erst recht vor dem Hintergrund, dass es sich bei dem Hähnchen ja nicht nur um ein Lebensmittel, sondern in erster Linie ein Lebewesen gehandelt hatte, was diesem Durchsein einen grotesken Beigeschmack gab.

Vielleicht auch verwischt meine Erinnerung die Realität und lässt mich sentimental werden. Womöglich hatte ich in jenem Moment gar keinen Gedanken an das getötete Federvieh verschwendet, sondern mir einzig und allein durch den tiefsitzenden Schock des »Verhörs« im Supermarkt den Appetit nehmen lassen.

Auch mit einer Lüge zu leben, ist nicht jedermanns Sache. Sie zu formulieren kostet keine Überwindung, doch damit zu leben, bedeutet eine schwere Last, die einen solange bedrückt, bis man sich von ihr befreit – also die Wahrheit ausspricht und sich als Lügner zu erkennen gibt.

»Machst dir etwa Gedanken wegen dem Marktleiter?«, fragte Radomil, stach mit der Gabel in die Hühnerbrust und schob sie in den Mund.

»Was ist schon eine Notliege gegen die Frechheit, seine eigenen Kunden wie Verbrecher zu beschnieffeln und beschatten«, fuhr er fort. »Das ist feige, hinterriecks und unhäflich. So ein Laden gehärt boykottiert.«

Im Grunde genommen hatte er recht und je länger ich mir seine Worte durch den Kopf gehen ließ, desto klarer spürte ich, dass er die Wahrheit sagte. Nur ein Verbrecher behandelt Unschuldige wie Verbrecher, schlussfolgerte ich und sah auf einmal den Platz des himmlischen Friedens vor meinem geistigen Auge. Die Erkenntnis, dass sich Radomils Worte einmal mehr als richtig herausgestellt hatten, beruhigte mich außerordentlich und gab mir den Weg vor, den gemeinsamen mit ihm. Die Freude darüber weckte nicht nur meine Lebensgeister, sondern auch den Appetit. Doch leider zu spät, da Radomil gerade dabei war, meine Hälfte komplett zu verschlingen.

»Mal sehen, was uns die Zukunft sagt.«

Ich öffnete meinen Glückskeks. Wenn schon nichts zu essen, dachte ich, dann wenigstens ein bisschen mentale Nahrung in Form chinesischer Weisheiten, die mich momentan aus unerfindlichen Gründen zu verfolgen schienen.

»Mit dem Tod ist alles aus«, stach es mir schwarz auf weiß ins Auge und erst nachdem Radomil zum mindestens dritten Mal nach dem Inhalt der Keksbotschaft fragte, wagte ich es, die hässlichen Worte laut zu wiederholen.

Er lachte erfreut und erklärte mir, dass es sich bei diesem um einen außerordentlich positiven Spruch handele, da dieses »Aussein« eben auch miteinschloss, alle Probleme los zu sein und man deshalb frei nach dem Motto »Was kiemmern mich die Sorgen von morgen« leben könne.

Dann zerbrach er seinen Keks, indem er mit den goldenen Backenzähnen kräftig hineinbiss. Er nahm das Papier von seinen Lippen und setzte die dicke Brille auf.

»Die Menschen stolpern nicht ieber Berge, sondern ieber Maulwurfshiegel«, proklamierte er feierlich bevor er in schallendes Gelächter ausbrach.

Warum nur wurde ich das Gefühl nicht los, unsere Kekse seien vertauscht? Und was, wenn die Sprichwörter tatsächlich beim jeweils falschen Adressaten gelandet wären? Vielleicht, weil Radomil sie verwechselt hatte. Weil er den für mich bestimmten Keks in die rechte Sakkotasche, den für sich bestimmten jedoch in die linke gesteckt und die Seiten beim Rausziehen vertauscht hatte, so wie man manchmal »rings« sagte statt »links« und »lechts« statt »rechts«.

Vor allem als Chinese, wurde plötzlich in meinem Kopf gedacht, obwohl doch kein Fetzen der öltriefenden Haut sich in den Hirnwindungen hatte festsetzen können, da Radomil alles aufgegessen hatte. Nicht nur die Hühnerbrust, sondern auch Schenkel und Haut. Er hatte das Huhn sozusagen mit Haut und Haaren verzehrt und anschließend die Knochen in einen Topf geworfen, um eine, wie er sagte, »deftige, den Appetit anregende und Triebsinn vertreibende Briehe zu kochen«, die vor Fettaugen nur so starren würde. Er schnitt Suppengrün in den Topf, was mich sehr traurig machte.

Radomil – tot, musste ich plötzlich denken, von links nach rechts und immer wieder von vorne, während ich ihm beim Suppenkochen zusah, als er den Inhalt meiner und auch seiner Botschaft schon längst vergessen hatte, ein Liedchen trällerte und es mir plötzlich so vorkam, als spiele er Theater, als inszeniere er seine Fröhlichkeit nur, um mich aus meinen grauen Gedanken herauszuholen. Oder schlimmer noch, um mit dem Geträllere und Suppengrünschneiden den Zeitpunkt hinauszuzögern, an dem er mir etwas Wichtiges sagen wollte.

Wahrscheinlich hast du nur Hunger, dachte ich, meiner seltsamen Gedanken müde, die mich doch nicht weiterbrachten, sondern im Kreis laufen, im Kreis tanzen ließen – mit Radomil, dem Marktleiter, Paul Hünerli und dem Mauz, denn der Mauz gehört auf jeden Fall in diesen merkwürdigen Reigen, dachte ich erschöpft und schlief ein.

4

Ein Kissen steckte unter meinen Armen. Mit so einem Kissen unter den Ellenbogen war so manch einer da draußen beobachtet worden. Mit so einem Kissen saß so manch einer vor dem Fenster und beobachtete das Leben da draußen – von oben herab den Ablauf da unten notierend und festhaltend, in einem Büchlein oder Block, mit Regelmäßigkeit die Regelmäßigkeit studierend und die wichtigsten Vorgänge über den Einzelnen zu brauchbaren Informationen gesammelt und wieder festgehalten und erst ganz am Ende ausgewertet wie die Resultate einer Studie, zu welchen Zwecken auch immer.

Ich hob meinen Kopf. Ich musste eingeschlafen sein, musste schlafend auf dem Tisch gelegen haben in meiner Küche, die so leer war auf einmal. Es roch nach Hühnerbrühe. Ich hob den Topfdeckel und schaute auf eine Schicht aus ovalen Fettaugen.

»Die vertreiben den Triebsinn in Windeseile!«

So oder ähnlich hatte es Radomil formuliert, fiel mir ein, als ich mich auf die vergebliche Suche nach ihm machte. Keine Spur von Rado. Nur auf meinem Schreibtisch vor der Mauer lag ein weißes Blatt, das scheinbar meinem Drucker entnommen worden war. Darauf stand in seiner krakeligen Handschrift:

bin auf geschäftsreise. mein bildungsauftrag!
warte nicht auf mich.

Dann werde ich die Suppe eben alleine auslöffeln, amüsierte ich mich über das gelungene Wortspiel und schaltete aus alter Gewohnheit das Notebook an. Der Rest ging wie im Schlaf, bis sich vor meinen Augen die Seite der Literaturagentur Mauz öffnete:

LITERATURWETTBEWERB

Der Literaturagent Mauz und der Bestsellerautor Paul Hünerli schreiben einen spontanen Kurzgeschichtenwettbewerb aus.

Thema: »Nicht verlegt werden ist wie nicht existieren.«

1. Preis: Eine DÜLÜKS KÜCHE im Wert von 55.000 Euro
2. Preis: Ein Samstagabend mit Paul Hünerli inklusive Besuch einer Tanzbar
3. Preis: Ein antiquarisches Exemplar des Buches *Chinesische Weisheiten*

Die Gewinnergeschichten werden auf der Website der Literaturagentur Mauz veröffentlicht.

Teilnahmebedingungen
6 Normseiten in deutscher Sprache
Einsendungen nur postalisch an die
Literaturagentur Mauz, Hamburg

Immer wieder las ich die Ausschreibung, als handele es sich dabei um eine geheime Botschaft, die nur für mich allein bestimmt war. Meine beiden Erzfeinde Mauz und Hünerli in trauter Bruderschaft, die ich gar nicht genauer hinterfragen wollte. Redewendungen wie »Ein Herz und eine Seele« oder »Freunde fürs Leben« tauchten kurz auf und liefen als neonfarbene Schriftzüge durch mein überreiztes Hirn, das den Inhalt der Ausschreibung immer noch nicht ganz begreifen wollte.

Der Titel weckte meine Neugier wie auch meine Zweifel, als sei er sich speziell für mich ausgedacht worden, war ich doch Expertin für unverlegte Werke, was mir natürlich viel Stoff rund um das Thema hätte liefern können: Aus den eigenen Erfahrungen schöpfend eine Geschichte entwickeln, die an Authentizität kaum zu überbieten wäre.

Nicht verlegt werden ist wie nicht existieren. Wie genau traf doch diese Aussage zu, die da ahnungslos ins Netz gestellt worden war. Das Gefühl tiefer Verletzung, welches sich mit Zunahme der Absagen proportional erhöht. Jedes Nein, das unweigerlich in eine Sinnkrise mündet und in Zweifel an der eigenen Person und seinen Fähigkeiten. Nicht zu vergessen auch all die Promis, welche die Regale der Buchhandlungen verklebten wie die krosse, fettige Haut des Brathähnchens das eigene Hirn.

Nur aus diesem Grund, ärgerte ich mich, entschied man sich doch überhaupt für einen Literaturagenten, legte also sein Werk und Schicksal in die Hände desselben, ohne zu ahnen, dass diese von besagtem Agenten wiederum in dessen Schoß gelegt werden, doch erst, nachdem das Werk in der untersten Schublade verstaut worden war, wo es, auf die völlige Zerstörung durch Staub und Schimmel wartend, unbemerkt vor sich hingammelte. Denn zwangsläufig musste ich bei all dem an das Hinterhofbüro der Möchtegernliteraturagentur Mauz denken, in der es nicht einmal eine funktionierende Toilette gab – geschweige denn eine Sekretärin. Und plötzlich zweifelte ich an mir selbst. Warum war mir das nicht gleich aufgefallen? Ist doch das Vorhandensein einer Sekretärin oder Vorzimmerdame ein nicht zu unterschätzendes Kriterium bei der Agentensuche. Was nur ein Depp wie ich hatte übersehen können!

Zum ersten Mal hatte ich nun das Gefühl, zur richtigen Zeit am richtigen Ort zu sein, wenn man den virtuellen Raum des weltweiten Netzes überhaupt als einen solchen bezeichnen konnte. Doch mit derartigen Haarspaltereien sollten sich andere Leute, zum Beispiel Linguisten oder Philosophen herumschlagen. Für mich zählte nur noch die Teilnahme an jenem Literaturwettbewerb, der ausgerechnet von den zwei »Herren« ausgeschrieben worden war, die ich zutiefst hasste. Den einen, weil er an der Verhinderung meiner schriftstellerischen Laufbahn mehr als maßgeblich beteiligt gewesen war, den anderen, weil er sich den Aufstieg in die Bestsellerlisten durch billigen Diebstahl erschlichen hatte. Und zwar durch den Diebstahl meiner Rezepte, mit denen ich ihn bekocht hatte, was ja an sich schon eine grandiose Geschichte wäre, wie ich plötzlich erkannte.

Von den drei Preisen interessierte mich höchstens der erste wirklich, war doch die Vokalharmonie der DÜLÜKS KÜCHEN genauso vollkommen wie ihre Form. Auf die beiden anderen würde ich, sollte ich denn gewinnen, auf jeden Fall verzichten. Wer riss sich schon um einen Abend mit dem Hünerli oder ein vor Fett- und Kaffeeflecken strotzendes Groschenheft, das der geizige Mauz bestimmt aus der Papiermülltonne hatte.

Ich wollte nur eins: die perfekte Kurzgeschichte abliefern und es Ihnen zeigen!

5

Auch am nächsten Morgen war nichts von meinem Mitbewohner zu sehen, dem ich doch unbedingt die Neuigkeiten erzählen musste. Sie brannten mir unter den Fingernägeln, um eine weitere Redewendung zu benutzen, deren Sinn mir nicht so ganz einleuchten will.

Vielleicht jedoch, dachte ich, kamen mir Rados Abwesenheit und seine Bildungsreise gar nicht so ungelegen, hatte mich doch in der Vergangenheit des Öfteren seine Anwesenheit irritiert, vor allem, wenn er so unerwartet und plötzlich hinter mir stand, als habe er sich in mein Arbeitszimmer geschlichen wie eine Katze auf samtenen Pfoten. Und ich überlegte, ob ich den Vergleich im Zusammenhang mit Rado nicht schon einmal gewählt hatte, es kam mir zumindest so vor. Als kluger Mensch sollte ich also die radomilfreie Zeit nutzen und mit der Kurzgeschichte beginnen, die möglicherweise bei seiner Rückkehr schon zu Ende geschrieben wäre, so dass ich sie ihm, meinem Berater in komplizierten Angelegenheiten, als erstem und einzigem Zuhörer vorlesen konnte, in der Hoffnung, seine Kritik als etwas Konstruktives nutzen zu können und mich davon nicht in eine neue Sinnkrise stürzen zu lassen.

So eilte ich aufgeregt in mein Arbeitszimmer, fuhr den Rechner hoch, als gelte es, einen neuen Weltrekord aufzustellen, und konnte doch meinen Blick nicht von der Mauer lassen, die mich immer wieder an Paul Hünerli erinnerte und dessen Niedertracht, mit der er sich auf kriminelle Art und Weise Zugang zum Literatenhimmel verschafft hatte, um zuerst mich und dann seine Leserschaft zu betrügen.

Womit anfangen, womit aufhören ... Die ersten Worte sind entscheidend, manipulieren sie doch den Autor, indem sie ihn in eine bestimmte Bahn lenken, aus der er hinterher nur noch schwer ausbrechen kann. Besonders bei Kurzgeschichten, dachte ich, deren Seitenzahl auch noch begrenzt ist und selbst dann begrenzt bleibt, wenn die Geschichte erst am Ende beginnt, so richtig anzufangen. Mit einer Seitenzahl als Begrenzung im Kopf, spürte ich, lebt es sich ähnlich schwer wie mit einer Lüge.

Nicht verlegt werden ist wie nicht existieren.
Immer wieder tippte ich diesen Satz auf das leere virtuelle Blatt, als wolle ich mir seinen Sinn in den Kopf hämmern, obwohl ich ihn schon längst begriffen hatte. Natürlich gab es auf Anhieb viele Assoziationen, Bilder und Gefühle. Aber das Ganze auf sechs Seiten unterzubringen, erschien mir auf einmal sehr gewagt, denn wie sollte man ein Leben auf sechs Seiten quetschen, wo es doch eine halbe Ewigkeit gedauert hatte, es zu leben. Falls ich mich überhaupt dafür entschied, eine autobiographische Geschichte zu schreiben, die mir plötzlich so überflüssig erschien wie ein Kropf.

Es existierte auch noch die Möglichkeit, aus der Sicht eines anderen zu erzählen. Ein Kunstgriff also, bei dem die eigene Person phasenweise mit einer anderen verschmolz oder aber deren Leben völlig neu erfunden wurde.

Und was, fragte ich mich, wenn mein Protagonist eine reale, sogar mir bekannte Person wäre? Wenn ich die Dinge beispielsweise aus der Sicht des Baumeisters beschriebe, der nach dem Diebstahl der Rezepte von Verlag zu Verlag rennt, um sich seine Abfuhren zu holen, bis er eines Tages, kurz vor der Kapitulation, auf den Mauz trifft, welcher ihn nicht nur unter Vertrag nimmt, sondern auch gleich mit einem Verlag in Kontakt bringt? Meine Geschichte würde jedoch bereits vor der Begegnung mit dem Mauz enden. Höchstwahrscheinlich sogar mit dem Freitod des durchtriebenen Hobbykochs, welcher sich schließlich, nur mit einer Küchenschürze bekleidet, aus dem Fenster stürzte.

»Für Rado!«, lautete die Devise. Ich würde es nur für Rado tun, dem ich beweisen wollte, dass ich es schaffe, weil es jeder schaffen kann und dass der Aufstieg vom Papiermüllsammler zum umjubelten Flamencostar in keinster Weise so abwegig ist, wie man vielleicht vermuten könnte.

Hochmotiviert nun endlich Nägel mit Köpfen zu machen, begann ich, nun doch meine eigene Geschichte aufzuschreiben, nämlich die vom Mauz und mir, wobei ich mir nicht so sicher war, ob ich nicht auch den Autor Popp als potentiellen Seelenverwandten mit einfließen lassen sollte. Das Ende lag sowieso auf der Hand: Der Mord am niederträchtigen Literaturvermittler, den ich durch einen gezielten Schuss in die Brust töten würde. Für die Sterbeszene hatte ich viel Raum eingeplant, mindestens zwei Seiten. Hier wollte ich mich nämlich so genau wie möglich an der Realität orientieren und auf jeden Fall die Tatsache berücksichtigen, dass es sich um eine Ersttat handelte und mir im Gebrauch von Schusswaffen jegliche Erfahrung fehlte – zu meinem eigenen Entsetzen und dem des Mauz, der erst sterben sollte, wenn das Magazin komplett leergeschossen wäre.

Und zwar genau am Ende von Seite sechs!

6

In panischer Hektik klebte ich das weiße Briefkuvert zu, in dem das Resultat zweitätiger Arbeit lag. Es sah dem Mauz ähnlich, den Einsendeschluss so knapp zu bemessen, dass nur wenige Texte eingehen konnten. Weniger Arbeit für die Jury – also ihn. Trotzdem lieferte ich nun eine Erzählung ab, die sich, wie ich kurz dachte, gewaschen hat. Kaum hatte ich dies gedacht, kehrten die Zweifel zurück, um dieselbe Erzählung abgrundtief in Frage zu stellen. Sie erschien mir nunmehr bloß wie ein billiger Abklatsch der Realität. Auch den Titel, den ich vorher immer wieder selbstverliebt betrachtet hatte, da er zum Thema des Wettbewerbs passte wie die Faust aufs Auge, auch diesen stellte ich plötzlich infrage, so dass ich am Ende an meinem Verstand zweifeln musste und mir selber von der Hoffnung auf eine schriftstellerische Karriere, in welcher Form auch immer, vehement abriet, um die Welt vor mir und meinem dilettantischen Werk zu schützen. Denn nur ein nicht zurechnungsfähiger Mensch konnte sich einen dermaßen unpassenden Titel zusammenschustern, diesen voller Überzeugung über die Geschichte setzen, um anschließend, ohne jegliches Schamgefühl, geschweige denn die geringste Selbstkritik, schnurstracks auf die Post zu marschieren, wo er einem ahnungslosen Beamten den verschlossenen Umschlag unter die Nase halten würde, in dem sich doch nichts anderes befand als dreiste Stümperei. Gäbe es Gerechtigkeit auf der Welt, blieben solch ein Verhalten und solch eine maßlose Selbstüberschätzung auf keinen Fall ungesühnt. Doch sich darüber jetzt noch Gedanken zu machen, käme einem Friseurbesuch gleich, bei dem man einen Kurzhaarschnitt bestellt hat und sich dann – nach Vollendung desselben und beim Anblick der auf dem Boden liegenden Haare – die bereits gefällte und umgesetzte Entscheidung noch einmal gründlich überlegen will.

Eine Galgenfrist hatte ich noch, um ins nächste Postamt zu hetzen, das meistens geschlossen war, da die Mitarbeiter an Betriebsversammlungen teilnahmen, und in dem man sich, in den seltenen Zeiten des Offenseins auf langes Warten gefasst machen und in eine endlose Schlange einreihen musste, mit der inzwischen durch die unbändige Aufregung verschmierten, füllfederhaltergeschriebenen Wettbewerbsadresse auf dem Kuvert und in der Hoffnung, die Post möge diesen so wahnsinnig wichtigen Briefumschlag doch bitte wirklich transportieren. Immer mit dem Schlimmsten rechnend, sah ich so manch einen Langfinger sich über meine Kurzgeschichte hermachen, die er austauschen und durch eine andere ersetzen würde.

Doch wo, dachte ich, bliebe sein Nutzen? Was hatte er davon, und dann wurde mir klar, wie weit es schon mit mir gekommen sein musste, dass ich auf solch verrückte Gedanken überhaupt kam und solch wirrem Denken einen Raum gab in dieser Schlange voller schwitzender Langhaarträger. Männer mit langen Haaren, dachte ich, sind überhaupt nicht mein Fall – und schon gar nicht in einer so heiklen, so existentiellen Situation.

»Hallo! Was für ein Zufall!«

Angeblich soll es ja so etwas nicht mehr geben, denn jemand hatte, fast unbemerkt, sämtliche Zufälle eliminiert beziehungsweise durch den Begriff Schicksal ersetzt. Die Stimme kam mir bekannt vor.

»Grüßen Sie Paul Hünerli von mir!«

Der Marktleiter winkte mir mit einem großen weißen Umschlag zu, bevor er sozusagen dran war, bevor er besagten Umschlag mit einem Lächeln der mürrischen Postbeamtin übergab, die ihn auf die Waage legte, um ihn anschließend mit drei Briefmarken zu frankieren. Was war der Inhalt des Kuverts? Es war keine an den Haaren herbeigezogene Idee, dass auch der Marktleiter am Wettbewerb teilnahm, wo er doch den Hünerli von jenem Supermarktevent her kannte, als dieser ihm sogar bereitwillig über sein Hobby, das Tangotanzen, Auskunft gegeben hatte, womit nun wiederum der Marktleiter hausieren ging.

»Wird gemacht«, rief ich und probierte ein Lächeln, das meinem Gefühl nach die Form eines Grinsens annahm. Schlimmer noch, einer Art Fratze aus Missgunst, Angst und Scham, da mich doch die Begegnung mit dem Marktleiter wieder an meine Lüge erinnerte, die ich nun mit meinem »Wird gemacht« fixiert hatte. So schnell geht es und schon steht man selbst auf der Seite des Bösen. Auf der Seite der Lügner, Verdreher und Verbrecher.

»Wie bitte?«, die Postbeamtin sah mich verwundert an. Man musste mich nach vorne geschoben haben.

»Einschreiben mit Rückschein, bitte«, sagte ich und fügte unnötigerweise hinzu, dass es sich hier um einen außerordentlich wichtigen, ja existentiellen Brief handele. Die Postbeamtin schüttelte den Kopf, während sie zwei rosa Vordrucke ausfüllte.

»Wann kommt der Brief an?«, fragte ich, um etwas zu fragen, aber auch, weil ich es wissen wollte.

»Morgen«, antwortete die Frau ohne aufzuschauen.

Drei Minuten später stand ich vor dem Postamt und wollte schon den Weg nach Hause einschlagen, als ich überlegte, noch einmal zurückzugehen, um mich zu erkundigen, welche Garantie ich denn hätte, dass dieses Einschreiben mit Rückschein auch tatsächlich innerhalb von vierundzwanzig Stunden den Empfänger erreicht. Vielleicht wollte ich auch nur kontrollieren, ob die Postbeamtin die Adresse auch wirklich richtig abgeschrieben hatte, schließlich war sie durch meine verschwitzten Hände zerlaufen, die Adresse, und erst jetzt fiel mir auf, dass ich ja auch dieses Auslaufen der Tinte auf dem weißen Briefumschlag noch nicht einmal überprüft hatte. Womöglich war ein wichtiger Buchstabe unleserlich – schlimmstenfalls sogar die Hausnummer oder der Name der Literaturagentur! Als ich zurückgehen wollte, um diesen gravierenden und folgenreichen Fehler auf der Stelle zu korrigieren, sah ich das große Schild an der verschlossenen Glastür hängen:

DIESE FILIALE IST BIS AUF WEITERES WEGEN EINER AUSSERORDENTLICHEN BETRIEBSVERSAMMLUNG

GESCHLOSSEN. NÄHERE AUSKÜNFTE ERTEILT IHR
HAUPTPOSTAMT.

Spätestens in dem Moment fiel mir wieder ein, dass sich ja die ganze Welt gegen mich verschworen hatte und damit selbstredend auch die Post.

Da kann man nichts machen, dachte ich und probierte, mir etwas von Rados nonchalanter Lässigkeit anzueignen: »Akzeptiere, was du nicht ändern kannst.«

Etwas beruhigter ging ich nun weiter zur Hauptstraße, auf der die großen Busse mit dem überdimensionalen Hünerli vorbeifuhren und merkte doch erst jetzt, wo ich mich bereits auf dem Rückweg befand, dass etwas anders war als sonst. Vor der Baugrube stehend und die stinkenden Dieselbusse ignorierend, fiel mir das Fehlen der Chinesen auf. Statt eines dröhnenden Arbeitsplatzes war aus der Baustelle ein Ort stiller Versenkung geworden. Die sonst unermüdlich ratternden Raupen und Bagger standen auf einmal reglos da, als seien sie Objekte tiefer Kontemplation.

Ein Platz des himmlischen Friedens, ging mir durch den Kopf – doch wo waren die Chinesen? Am Rande der Baugrube stehend, reimte ich mir allerlei Gründe für ihr Verschwinden zusammen, bis mir plötzlich ein Schild ins Auge stach:

BAUSTOPP AUFGRUND SCHIENENDIEBSTAHLS!
DIE STRASSENBAHNLINIE 3 WIRD DESHALB MIT
SOFORTIGER WIRKUNG EINGESTELLT!
IHRE STADTVERWALTUNG

Mir fiel ein Stein vom Herzen. Recht haben sie, dachte ich, die Chinesen, die den Export von Stahl nach China als florierenden Markt entdeckt zu haben schienen. Warum sollten sie sich auch in deutschen Baugruben für unwürdige Hungerlöhne abrackern? Ich bedauerte jedoch, dadurch auf meinen geplanten Ausflug mit Radomil verzichten zu müssen. In die Hünerli-Busse jedenfalls würden mich keine zehn Pferde bringen!

Ganz schöne Schlitzohren, diese Chinesen, staunte ich, von ähnlicher Durchtriebenheit und mit demselben Hang zu kriminellen Handlungen wie der Hünerli und der Mauz oder – um es mit einer Redewendung zu formulieren: Aus einem Holz geschnitzt! Und ich stellte mir drei abstrakte Holzfiguren vor, genau hier am Platz des himmlischen Friedens: Eine halslose für den Mauz, eine für seinen Kompagnon und Kochrezeptedieb Hünerli und die dritte als Vertreter des chinesischen Volkes. Im gleichen Augenblick prasselte wie aus heiterem Himmel ein unglaublicher Regen herab, auf mich und auf die Baugrube, die sich innerhalb von ein paar Sekunden in eine Schlammwüste verwandelte. Mangels Unterstellmöglichkeit und Regencape rannte ich zur Straße, um mich, nach Überquerung derselben, schnell nach Hause ins Trockene zu flüchten. Doch ein Bus nach dem anderen fuhr vorbei – und zwar genau durch die tiefen Pfützen, aus denen Wassermassen gegen meinen Körper spritzten, während das grinsende Gesicht Paul Hünerlis von der Sintflut völlig verschont blieb.

Als die aufgeschütteten Erdhügel sich als reißende Wulst den Weg in die Tiefe des Baulochs suchten, überquerte ich ohne Rücksicht auf Verluste die Straße, das wütende Hupen der Hünerli-Busfahrer ignorierend, die mit quietschenden Bremsen über die nasse Fahrbahn schlitterten, und lief einfach geradeaus, als ginge es um Leben und Tod.

7

Radomils Zimmer wirkte wie ausgestorben. Er musste es mit fast manischer Akribie aufgeräumt haben, bevor er sich auf seine Geschäfts- und Bildungsreise begab. Die einzige Nachricht, die ich von ihm erhalten hatte, und zwar ein paar Minuten vorher, war die von einem Chinesen überbrachte Botschaft, dass ich auf jeden Fall auch ohne ihn, »ohne Ladomir, die Ohlen steif harten sorre«.

Auf einmal zerbrachen sämtliche Hoffnungen, Radomil jemals wiederzusehen, denn warum sonst erwähnte er mit keiner Silbe das Datum seiner Rückkehr, beziehungsweise, warum rief er nicht einfach an, um mich persönlich über den Stand der Dinge zu informieren? Denn selbstverständlich wollte ich wissen, wie er vorankam mit seinem Bildungsprojekt. Ich beschloss, sein Zimmer zu durchsuchen, um Indizien über seine Abwesenheit zu sammeln.

Während der Kleiderschrank völlig leergeräumt war, stapelten sich in den Schubladen des Nachtschränkchens Papiere, und zwar sorgfältig gefaltete und gebügelte Fragmente des Namor. Im ersten Moment konsterniert, begriff ich kurz darauf, weswegen sich diese Bruchstücke hier im Nachtschrank befanden, und es rührte mich ehrlich gesagt zutiefst, denn, wie ich vermutete, hatte es Rado nicht übers Herz gebracht, meinen Ausschuss des Namor zu entsorgen, als handele es sich dabei um irgendeinen x-beliebigen Müll. Nein, nachdem ich ihm von mir und dem Namor erzählt hatte, musste er wohl die Papiere wie einen Schatz gehütet haben, und zwar

Tag und Nacht. Doch diese Erkenntnisse brachten mich auch nicht weiter in meinen Spekulationen um Rado, der aus meinem Leben verschwunden war wie eine Romanfigur ...

Und eigentlich hatte ich mein Leben trotz der erneuten Einsamkeit ganz gut im Griff, nicht zuletzt, weil ich seit dem Verschicken meiner Kurzgeschichte auf den Geschmack gekommen war und mit besagtem Text nun an sämtlichen Literaturwettbewerben teilnahm, die mir auf den einschlägigen Websites ins Auge sprangen.

Bevor ich sie abschickte, die Geschichte, fühlte ich mich jedoch verpflichtet, sie noch einmal zu lesen. Und tatsächlich fanden sich jedes Mal Passagen, die ich komplett umschreiben musste – selbst Anfang und Ende variierten von Mal zu Mal, so dass es vielleicht doch unterschiedliche Erzählungen waren, die ich auf den Weg brachte.

Mit meinen Geschichten im Umschlag war ich fast täglich ins Postamt gegangen, das im Laufe der Zeit umstrukturiert worden war. Nun saßen an den Schaltern Chinesen, höchstwahrscheinlich ohne Beamtenstatus, da sowohl die langen Mittagspausen als auch die Betriebsversammlungen abgeschafft worden waren. Die neuen Postbeamten arbeiteten viel freundlicher und schneller und verschenkten zu jedem Einschreiben mit Rückschein einen Glückskeks, so dass ich mich immer mehr an die verschiedenen Inhalte der Botschaften gewöhnte, die ich vernichtete, ohne ihnen besondere Bedeutung beizumessen – bis auf ein Papierröllchen, das sich folgendermaßen las:

»Sie welden bald den Mann Ihles Lebens tleffen. Sie welden zusammen kochen.«

Dieses winzige Papierröllchen klebte ich an die Mauer, natürlich ohne es allzu ernst zu nehmen oder in ihm gar ein Omen zu sehen. Der seltsame Spruch sollte lediglich meiner Inspiration dienen. Denn wer weiß, dachte ich, ob ich mich ja nicht eines Tages sogar auf das Schreiben unveröffentlichter Kitschromane verlegen würde.

Übrigens gab es noch eine nennenswerte Veränderung: Auf der Plakatwand vor dem Haus räkelte sich kein Model mehr. Leer und verwaist starrte der Werbeträger ins trübe Grau. Seit jenem Tag, an dem die Chinesen die Baustelle verlassen hatten, hatte es nicht aufgehört zu regnen.

Manchmal fragte ich mich, ob ich mein Leben nicht komplett umkrempeln und mich zum Beispiel beim Marktleiter um einen Job an der Kasse bewerben sollte. Doch dann verwarf sich der Gedanke wieder, da solch ein Arbeitsplatz zwangsläufig in der gleichen Ausweglosigkeit enden musste wie das Sitzen am Postschalter, weshalb man ja auch die Chinesen so bewunderte, die über die Ausdünstungen ihrer Kunden mit einem freundlichen Lächeln hinwegsehen konnten.

Außer der Namor-Fragmente hatte sich in Rados Zimmer eine schwarze Bibel gefunden, die relativ abgenutzt aussah und auf deren erste Seite er das Wort »dada« geschrieben hatte, in der ihm typischen krakeligen Handschrift. »Dada«, möglicherweise eine Vokabel aus seiner mir völlig fremden Muttersprache, als Reaktion darauf kam mir »baba« in den Sinn, womit der Wiener sich gern verabschiedet.

Nein, zwang ich mich, bloß keine Tränen jetzt, schon gar nicht wegen einer Romanfigur, die plötzlich verschwunden war aus deinem Leben, in dem sie sich bewegt hatte wie ein Mensch aus Fleisch und Blut und am Ende sogar wie ein Freund.

Eine willkommene Ablenkung von aufkommenden Gefühlen bot der Computer, da ich sowieso schon längst mal wieder einen Blick auf die Website der Literaturagentur Mauz hatte werfen wollen, um zu sehen, ob sich meine Geschichte nicht doch unter den ersten dreien befand. In stiller Hoffnung auf eine DÜLÜKS KÜCHE fand ich unter den Mauz-News den Link zu einem Videoclip mit dem Titel »Lebensentwürfe eines Baumeisters – Auszug aus dem Interview mit Paul Hühnerli«. Ich drückte auf Play. Vor meinen Augen erschien der kriminelle Hünerli. In Jeans und schwarzem Rolli und mit lässig übereinandergeschlagenen Beinen saß er einer blondmähnigen Reporterin gegenüber, die mit gebleachten Zähnen in die Kamera lächelte. Ihr offenherziges Kleid sprengte die intellektuelle Atmosphäre des Fernsehstudios.

Doch im Grunde genommen, ärgerte ich mich, erwartet der Zuschauer sowieso nur Oberflächlichkeit und darauf würde es auch hier hinauslaufen, soviel stand fest.

»Paul Hünerli«, begann die Reporterin und beugte sich nach vorne, bis sich ihr ausladendes Dekolleté auf gleicher Höhe mit dem Wasserglas ihres Interviewpartners befand, welches dieser nun ergriff, um daraus einen

Schluck zu trinken und von der Peinlichkeit der Situation abzulenken, wie ich vermutete.

»Würde man Sie nicht kennen«, fuhr sie fort, »könnte man meinen, Ihre Lebenswürfe seien von einem Misanthropen geschrieben worden. Sind Bauherren die schlechteren Menschen?«

Die Reporterin lehnte sich wieder zurück und schlug nun ein Bein über das andere, wobei der Saum ihres Kleides in gefährliche Höhen hinaufrutschte.

Paul Hünerli lachte kurz.

»Nein, keineswegs. Sie sind Menschen mit Stärken und Schwächen, die jedoch oft genug in der Extremsituation eines Hausbaus ihren Stress ungefiltert an den Architekten weiterleiten.«

»Welcher diesen Stress verursacht hat?«, fragte die Reporterin.

»Nicht unbedingt«, antwortete Paul Hünerli: »Natürlich passieren beim Bauen unvorhergesehene Dinge. Wie in allen anderen Berufen übrigens auch. Doch oft genug handelt es sich um rein privaten Stress. Darüber hinaus verschlimmern Bauherren die komplizierte Situation durch eine übertriebene Kontrolle des Architekten, anstatt ihm, dem Fachmann, zu vertrauen.«

Die Reporterin lächelte wissend: »Was ja möglicherweise, wie Sie in Ihrem Buch erwähnen, mit dem Begriff Bauherr zusammenhängen könnte.«

Paul Hünerli lehnte sich zurück und nickte.

»Es klingt nach einer gewagten Theorie. Doch ich möchte behaupten, dass diese atavistische Titulierung so manch einen dazu verführt, ihn komplett misszuverstehen und den Respekt anderen gegenüber zu vergessen.«

»Eine Respektlosigkeit, die sich auch beim Herunterhandeln des Honorars zeigt«, warf die Reporterin mit empörter Miene ein.

»Die Jagd nach dem Schnäppchen ist heute ein weitverbreitetes Hobby«, lachte der Architekt. »Moral und Ethik gelten als überholt.«

»Doch es gab noch einen weiteren Grund, der Sie dazu veranlasste, Baustellen zu meiden«, sagte die Reporterin verschwörerisch. »Im dritten Kapitel sprechen Sie von der Verstümmelung der Entwürfe, die einer Verstümmelung des Architekten gleich käme. Sind Architekten nicht kompromissbereit?«

Paul Hünerli überlegte.

»Kompromissbereitschaft darf nie so weit gehen, dass sie schmerzt«, begann er. »Wie oft wird ein ästhetischer Entwurf, aus einer momentanen Laune des Bauherrn heraus, so verstümmelt, dass am Ende nichts mehr von ihm übrig bleibt, außer kitschigen Türmchen und anderem Schnickschnack, wo früher klare Formen angedacht waren. Natürlich ist der Kunde, also der sogenannte Bauherr mündig, doch sollte er seine Gefühle und Stimmungen unter Kontrolle haben, wenn es um den Bau eines Hauses geht. Spontane, undurchdachte Einfälle führen zu langfristiger Zerstörung des Stadtbildes. Und natürlich auch des eigenen Lebens. Denn es ist in den meisten Fällen der Bauherr selbst, der in solch einem Gebäude wohnen wird.«

Die Reporterin beugte sich zu ihm hinüber: »Sie schreiben, dass Sie schon die kleinste Änderung an Ihren Plänen kaum ertrugen.«

»Das ist nicht ganz richtig«, winkte Paul Hünerli ab. »Natürlich bin auch ich kompromissbereit. Nur Änderungen, die aus einem guten Entwurf einen schlechten machen, tun weh. Kitsch ist die Geißel der Menschheit.« Er lehnte sich zurück. »Ebenso schwer zu ertragen ist der Anblick des fertiggestellten Gebäudes nach seinem Bezug … Wenn perfekte Räume mit geschmacklosen Möbeln vollgestopft werden.«

»Ich seh schon«, sagte die Reporterin amüsiert, »ich werde Sie mal um einen Beratungstermin bitten.«

Paul Hünerli lachte: »Die Zeiten sind Gott sei Dank vorbei. Ich habe die Verschandelung hingebungsvoll entworfener Räume so oft mit ansehen müssen, dass ich irgendwann vor lauter Frust anfing, übermäßig viel zu essen. Am Ende lief ich mit einem Berg Übergewicht herum, den ich versuchte, mit Hilfe einer sogenannten Pochette, eines Einstecktuchs zu kaschieren. So konnte ich wenigstens noch aus der Not eine Tugend machen und wurde zum Typ italienischer Gigolo.«

Die Reporterin klatschte entzückt in ihre Hände: »Vielleicht sollten wir unseren Zuschauern kurz erklären, was es mit so einer Pochette auf sich hat. Unsere Assistentin hat sich auf die Suche nach besonders schönen Exemplaren gemacht.«

Nun brachte eine junge Frau ein Tablett mit verschiedenfarbigen Einstecktüchern ins Studio, an die die Kamera langsam heranzoomte. Die Reporterin stand auf und zeigte mit ihrem perfekt manikürten, knallrotem Fingernagel auf die einzelnen Tücher.

»Hier sehen Sie die unterschiedlichen Falttechniken: Kronenfaltung, Bauschfaltung, Dreiecksfaltung, Puffaltung und die amerikanische Faltung. Habe ich etwas vergessen, Herr Hünerli?«

Der Architekt schüttelte den Kopf.

»In der Biedermeierzeit kam die Pochette so richtig in Mode. Ursprünglich wurde sie jedoch zu Reitkleidung getragen. Ist das richtig?« Die Reporterin hatte sich unelegant auf ihren Platz fallen lassen, während die Assistentin im Raum stehen blieb, bis die Kamera wieder Paul Hünerli ins Blickfeld rückte.

»In der Tat«, stimmte dieser zu, »das Sakko als Tages- oder Geschäftsanzug existiert ja erst seit 1860 und wurde stets mit einer Pochette in der Brusttasche getragen.«

Die Reporterin strahlte ihn an: »Eine stilvolle Zeit! Paul Hünerli, verraten Sie uns nun bitte, wie man vom Hochbau an den Küchenherd kommt.«

Der Architekt lächelte amüsiert: »Erst nachdem ich mein Büro schloss – und es war wie ein Befreiungsschlag, glauben Sie mir – erst danach hatte ich Muße für das Schöne, begann, köstliche Speisen aus aller Welt nachzukochen, anschließend abzuwandeln und in immer wieder verschiedene Richtungen zu modifizieren, bis ich mich schließlich an den Entwurf völlig neuartiger, eigener Genüsse wagte und dabei meinen persönlichen Stil fand. Meine Rezepte könnte man als puristisch bezeichnen. Wie auch bei meinen Bauwerken vermeide ich in der Mischung der Zutaten beziehungsweise Materialien ein Zuviel. Ganz nach dem Motto: Weniger ist mehr. Gleiches gilt für die Farben, wobei ich sogar sagen möchte, dass bei meinen Kreationen die Farbgebung eine entscheidende Rolle spielt, denn: Das Auge isst mit! Natürlich plane ich mitunter auch Speisen, deren Farb- und Formenfülle ans Barocke erinnern, je nachdem, in welcher Laune ich mich gerade befinde. Besonders bei grauem Wetter und in der dunklen Jahreszeit, spenden diese Entwürfe, außer der Gaumenfreude, einen statischen Zustand friedlichen Glücks.«

Nun hielt er einen Moment inne, ohne jedoch das Lächeln zu unterbrechen, dieses milde Lächeln, das Anfang und Ende seiner Rede begleitete. Den statischen Zustand friedlichen Glücks ließ ich mir auf der Zunge zergehen wie den süßen Reis mit Rosinen, mit dem einen einst die Krishna-Jünger in ihre Tempel locken wollten.

»Während ein Bauwerk aufgrund seiner hohen Kosten eine halbe Ewigkeit stehen muss, um sich zu amortisieren«, fuhr er fort, »wird so ein kulinarischer Genuss nur für einen bestimmten Augenblick geplant und umgesetzt, und zwar für den Moment, in dem er vollkommen verzehrt wird. In meinen Büchern jedoch finden Sie großformatige Fotos meiner Kreationen. Dort werden sie festgehalten beziehungsweise verewigt. Aus diesem Grund habe ich beschlossen, meine Kochbuchreihe *Kochen für die Ewigkeit* zu nennen.«

Das Video stoppte. Die Stille danach glich einer Zerreißprobe. Ich starrte auf die Mauer und wischte mir die Tränen aus den Augen, warf mein Regencape über und rannte auf die Straße. Ich trat in die Pedale, an der verlassenen Plakatwand vorbei, immer geradeaus, den Regen, der in mein Gesicht schlug, ignorierend und den Mund weit geöffnet, als wolle ich mir die nasse Luft in die Kehle holen. Immer nur geradeaus, dachte ich, weiter, weiter, als wäre der Leibhaftige hinter mir her.

8

»Sie wollen also Ihr Depot auflösen?«, fragte Bankdirektor Schmidt zum dritten Mal, als ich mein tropfendes Regencape über die Stuhllehne legte, nachdem er mir nicht angeboten hatte, es auf einen der Kleiderhaken zu hängen.

»Deswegen bin ich hier«, antwortete ich erschöpft. Die Teufelsfahrt hatte sicherlich Spuren in meinem Gesicht hinterlassen, rote Flecken der Anstrengung.

Herr Schmidt lief in seinem Büro auf und ab, pendelte zwischen mir und dem Fenster, aus dem er starrte, als könne auch er solch einen Regen nicht für möglich halten. Die moderne Kunst war von seinen Wänden gewichen. Stattdessen hingen dort Fotos aus fernen Ländern, in deren Vordergrund sich immer Herr Schmidt persönlich drängte – mal mit barbusigen Ureinwohnerinnen, deren Hälse den des Mauz um Längen überragten, mal mit am Kopf opulent geschmückten, doch sonst nur spärlich bekleideten Samba-Tänzerinnen im Arm. Oder aber in einem schneeweißen Cabrio an der Côte d'Azur, zwischen deren Palmen auf Transparenten »Festival de Cannes« zu lesen war. Um die halbe Welt muss er in letzter Zeit gereist sein, der Bankdirektor, dachte ich verwundert.

»Sie entschuldigen mich.« Er verließ den Raum und ich hoffte, er würde uns den Kaffee holen, den die Sekretärin heute seltsamerweise nicht gebracht hatte, obwohl sie mich doch bei meiner Ankunft in meinem nassen, halb erfrorenen Aufzug neugierig gemustert hatte.

Nach geschlagenen fünf Minuten saß ich noch immer alleine im Büro des Herrn Schmidt, auch nach zehn Minuten war er noch nicht zurück. Mir wurde seltsam flau im Magen.

Als ob er sich verdrückt hätte, dachte ich kurz, als sich genau in dem Moment die Tür öffnete und er mit einem Lächeln im Gesicht den Raum betrat. Er überreichte mir eine Broschüre:

»Alles zum Fünf-Minuten-Schlaf! Ein effektiveres Mittel zur Leistungsfähigkeit und Entspannung gibt es nicht.«

Widerwillig nahm ich das Heft entgegen, obwohl mich schon der Titel zutiefst abstieß:

Fit und erfolgreich in fünf Minuten! So strotzen Sie dem Stress!

»Interessant«, sagte ich, »doch der eigentliche Grund dieses Besuches ist das Auflösen meines Depots – und zwar das sofortige Auflösen. Ich möchte all mein Geld abheben, das einbezahlte sowie die Rendite, die Sie in der Zwischenzeit erwirtschaftet haben.«

Herr Schmidt lehnte sich nach vorne.

»Wofür brauchen Sie das Geld?«, wagte er doch allen Ernstes zu fragen.

Den Teufel werde ich erzählen, schwor ich. Nichts wird er je erfahren über mich und den Hünerli, in dem ich zuerst meinen Baumeister fand, später dann meinen Feind und nun, nach seiner Videobotschaft einen verkannten Seelenverwandten – einen, der genau wie ich, den Geiz zutiefst verabscheute und all die Geschmacklosigkeit. Auch meine Pläne gingen ihn, den Banker, nichts an, da bereits sein ansatzweises Wissen darum zur Vereitelung derselben führen könnte, wie ich paranoid dachte. Kein Wort würde aus meinem Mund dringen. Kein Sterbenswörtchen über die Suche nach Radomil, den ich unbedingt finden musste, koste es, was es wolle. Denn mein Leben war an ihn geknüpft wie der gestrickte Aufhänger eines Topflappens und mein Lebenswille an Rados Lebenslust, soviel war klar. Und wem sonst hätte ich mein Herz ausschütten können über die schockierende Seelenverwandschaft zum rezepteklauenden Baumeister?

Herr Schmidt stand auf und stellte sich unter das Bild mit den halbnackten Samba-Tänzerinnen. »Es gibt kein Geld«, sagte er.

Herr Schmidt tanzte Samba.

Tanze Samba mit mir, Samba Samba die ganze Nacht... In glühender Hitze unter dem ekstatischen Rhythmus der Trommeln zuckte sein Körper vielleicht ein bisschen zu zackig, vielleicht ein bisschen zu westeuropäisch. Tanze Samba mit mir, weil die Samba uns glücklich macht.

»Zuerst stiegen die chinesischen Fischfarmen wie verrückt«, erklärte er, »doch dann gab es massive Proteste der Tierschützerlobby. Die Kurse sanken ins Bodenlose.«

Liebe, Liebe, Liebelei, morgen ist sie vielleicht vorbei! Tanze Samba mit mir, Samba Samba die ganze Nacht!

»Das war Ihnen doch sicherlich klar, als Sie unterschrieben haben«, sagte Herr Schmidt mit einem Lächeln. »Das Risiko stand ja ausdrücklich im Kleingedruckten. Sie haben doch das Kleingedruckte gelesen? Sibylle, bringen Sie uns bitte einen Kaffee!«

Ahaa ahaaa. Du bist so heiß wie ein Vulkan, ahaa ahaaa und heut verbrenn ich mich daran. Tanze Samba mit mir, Samba, Samba die ganze Nacht …

»Andererseits«, nun lächelte er, »wozu braucht man Geld, wenn man nicht einmal weiß, wofür man's ausgeben soll?«

Die Treppen kamen mir endlos vor. Als wäre ich noch niemals Treppen hinuntergelaufen. Gleichzeitig fühlte ich mich, als schwebe ich die Stufen hinab, als berührten meine nackten Füße den Boden nicht, da Engel keine Schuhe tragen – erst recht keine Gummistiefel! Das Schweben war eine einfache Sache. Es hatte eher mit Schwerelosigkeit zu tun als mit Konzentration. Vielleicht hing dieses Hinunterschweben bei paralleler Zeitverzögerung auch mit der Regenjacke zusammen, meinem Kokon, der mich umhüllte und mich vor dem Bösen bewahrte.

Tanze Samba mit mir, weil die Samba uns glücklich macht.

Irgendwann erreichte ich den Ausgang. Draußen regnete es immer noch, so brauchte der Engel nicht mehr groß darüber nachzudenken, was zu tun war. Er zog also die Kapuze übers Gesicht und näherte sich dem Auto des Bankdirektors: einem schneeweißen Audi Cabrio mit weinrotem Verdeck. Der Engel nahm den Schlüsselbund, an dem sich für alle Zwecke eine Nagelfeile befand und schlitzte damit den Stoff auf. Des Weiteren zerstörte er die perfekte Optik des Wagens, indem er an dessen Seiten einen tiefen, tiefen Kratzer zog, vom Heck bis zum Bug sozusagen, ohne dass er dabei etwas spürte, bevor er sich wie gelähmt auf das Rad schwang und ins graue Nass eintauchte.

Der Zustand, in dem ich mich befand, war ein traum- respektive albtraumähnlicher, weswegen ich weiterradelte, immer geradeaus, ohne groß nachzudenken – weder über dieses noch jenes. Man könnte sagen, ich ließ mich vom Regen leiten, was jedoch unter physikalischen Gesichtspunkten unweigerlich in den Abgrund hätte führen müssen.

Fuhr man immer geradeaus, ohne vom Weg abzukommen, gelangte man in einen Park, auf dessen Promenade ich um ein Haar zwei ebenfalls in Regencapes gehüllte Gestalten angefahren, wenn nicht sogar umgefahren hätte, wäre mir nicht kurz vor der Kollision ein unübersehbar optischer Unterschied aufgefallen, der zwischen ihnen herrschte: Obwohl beide das gleiche Cape mit dem Aufdruck DÜLÜKS KÜCHEN trugen, wirkte das eine elegant, das andere sehr gedrungen, da die Kapuze nur zur Hälfte ausgefüllt wurde, so als fehle ein Stück des Körpers, was mich zwangsläufig an die langhälsigen Ureinwohner denken ließ, zu denen der Bankdirektor Schmidt gereist war, um sich mit ihnen ablichten zu lassen.

Mehr dachte ich nicht und vielleicht dachte ich nicht einmal dies, vielleicht wurde dies alles nur von meinen Augen registriert – Regencape, Körper, Kopf, lange Hälse der Ureinwohner – ohne dass eine Verknüpfung in meinem Gehirn stattfand, was im besten Fall zu Erkenntnis hätte führen können.

Mit Ausnahme des Bogens, den ich um diese beiden durch den wütenden Regen laufenden Gestalten machte, fuhr ich an jenem düsteren Spätnachmittag nur geradeaus, einer imaginären Zielgeraden folgend, bis ich auf dem Parkplatz des Supermarktes ankam. Schweiß und Regen perlten von meiner Stirn.

9

»Sie sind mir ja ein Schätzchen!« Der Marktleiter schüttelte den Kopf, als wolle er mir mit diesem Schütteln demonstrieren, wie abwegig meine Anfrage war. Er warf ein zweites Stück Zucker in seine Kaffeetasse, in der er mit dem Löffel rührte, bis mich sein Kopfschütteln und Rühren immer unruhiger werden ließen, liefen beide Bewegungen doch in unterschiedlichen Tempi ab: Dem langsamen, beinahe meditativen Schütteln stand das hektische, fast unkontrollierte Rühren gegenüber.

Den Kaffeefleck, der sich über den Tisch ergießen würde, konnte ich mir schon jetzt bildhaft vorstellen. Eine unappetitliche Lache neben der Tasse würde er bilden, die der Marktleiter mit seinem Anzugärmel trocknen würde oder, noch schlimmer, mit einem benutzten Taschentuch. Als sich in meinem Kopf die verschiedenen Sorten von Schwämmen, Mikrofasertüchern und Haushaltsrollen sortierten und meine Gedanken weitergehen wollten, nämlich hin zu adäquaten Putzmitteln, setzte er seine Tasse ab, schluckte laut und sagte den entscheidenden, meine Zukunft bestimmenden Satz:

»Ein paar Jahre früher hätte ich Sie tatsächlich eingestellt, wir hätten es einfach mal probiert, wobei ich davon ausgehe, dass Ihnen solch ein Arbeitsplatz auf Dauer zu monoton geworden wäre. Heute allerdings muss ich Ihre Frage mit einem klaren Nein beantworten – nicht aus bösem Willen oder Bequemlichkeit, sondern aus rein pragmatischen Gründen.«

Nun rührte ich hektisch in meiner Kaffeetasse, probierte jedoch, mir die Enttäuschung nicht anmerken zu lassen und sprengte stattdessen den Tisch mit wilden Kaffeespritzern.

»Unter pragmatischen Aspekten wie Wirtschaftlichkeit, Kundenservice und Betriebsklima empfiehlt es sich, gerade in der heutigen Zeit, auf chinesische Arbeitskräfte zurückzugreifen.«

Als ob er sich im Schwimmbad befände und zwar ganz unten, wo der Stöpsel steckt, dessen Entfernen das Becken in Nullkommanichts in ein wasserloses verwandeln würde und auf dessen Boden sich dann die strampelnden Körper stapelten, wirr um sich schlagend in den verschiedensten Schwimmstilen mit solch wundervollen Namen wie Kraulen, Delphin und Brust, aus solchen Tiefen schien der Marktleiter seine dumpfen Worte an mich zu richten, während tausend Blubberblasen wie aufgereiht zur Wasseroberfläche stiegen.

»Wie Sie vielleicht schon gesehen haben, testen wir momentan bereits an zwei Kassen asiatisches Personal – übrigens zu unser aller Zufriedenheit! Sie entschuldigen mich!«

Er stand auf und verließ den Raum, um gleich danach wieder zurückzukommen. Von einer sogenannten Haushaltsrolle riss er ein paar perforierte Blätter ab, die meine Kaffeeflecken, bevor ich es verhindern konnte, bis auf den letzten Tropfen in sich aufsaugten.

»Das Absorbieren von Nässe mit Küchenrollen, zum Beispiel der Marke DICK UND DURSTIG«, wollte ich rufen, »ist unter ökologischen Gesichtspunkten inakzeptabel.« Doch in dieser Stresssituation hätten sich die Worte vielleicht nicht in die richtige Reihenfolge bringen lassen, so dass womöglich etwas völlig Unsinniges herausgekommen wäre. »Denken Sie an die Regenwälder« wäre kürzer gewesen, fiel mir ein.

Nachdem er das vollgesogene Papier skrupellos in den Mülleimer geworfen hatte, was den Prozess einer schleichenden, doch unaufhaltsamen Umweltzerstörung langsam in Gang setzte, fuhr er fort:

»Und es gibt noch ein schlagkräftiges Argument, das für die Einstellung von Chinesen spricht.«

Er machte eine Kunstpause, wobei er die Befriedigung bis zum Letzten auskostete, die meine Neugier ihm zu bereiten schien – eine nie gekannte Aufmerksamkeit, die ihm in Form eines gespitzten Ohrenpaares entgegentrat. Dann sagte er:

»Im Gegensatz zu so manch einer Europäerin, ziehen die Chinesinnen das Schweigen dem Sprechen vor, was einen Überfluss der Worte verhindert. Insbesondere der unnützen. Die Chinesin schweigt, wo so manch eine glaubt, ihre Stimme erheben zu müssen.«

Er zeigte auf die Kalligraphie an der Wand: »Schauen Sie selbst! Hier steht es schwarz auf weiß! Wenn die Menschen nur von dem sprächen, was sie verstehen, würde bald ein großes Schweigen herrschen.«

Ich stutzte. Doch dann fand sich meine Sprache wieder, trat ihre triumphale Rückkehr an in die Welt der Kommunikation und zwischenmenschlichen Beziehungen und ließ mich sagen:

»Ich dachte, diese Kalligraphie bedeute: Kein Feiertag, der kein Ende hat!«

Der Marktleiter lächelte mich an. Diabolisch vielleicht oder aber mit buddhistischem Gleichmut.

»Natürlich hätte ich es Ihnen sagen müssen: Bei dieser Kalligraphie handelt es sich um eine neuerworbene, die jene ersetzt hat, von der Sie sprechen!«

Als habe er nun tatsächlich den Stöpsel gezogen, rauschte in einer gewaltigen Welle das Wasser aus meinem überfluteten Kopf, tauchte alles wieder auf: Ausgetrocknete Fischfarmen, sambatanzende Bankdirektoren mit langgezogenen Hälsen und zu allem Überfluss chinesische, stets schweigende Vorzimmerdamen, die sich in Cabrios räkeln. Schreien wollte ich – aus tiefster Kehle!

Plötzlich musste ich wieder an Rado denken, der mir noch unerreichbarer erschien als ein paar Stunden zuvor. Ich hörte den Marktleiter Worte formulieren und in den Raum werfen. Worte, die ich nicht auf mich bezog und für deren Auffangen ich mich folglich nicht zuständig fühlte. Erst als sie sich wiederholten, sogar um einiges lauter nun, erst da drang ihre Bedeutung bis in mein Hirn vor.

»Ich möchte ja nicht indiskret sein«, rief der Marktleiter, »doch, was würde Ihr Freund Paul Hünerli dazu sagen, wenn er Sie an einer unserer Kassen sehen würde?«

Dann kramte er in einer Schublade, aus der er schließlich ein Paket hervorzog. Er sah mir tief in die Augen und flüsterte fast: »Wahrscheinlich hat uns das Schicksal zusammengeführt. Sie müssen wissen, dass ich nicht an die Existenz von Zufällen glaube, die doch immer wieder in aller Munde sind.«

Er atmete tief durch und schloss die Augen. »Als könnte ich es fühlen«, murmelte er nun, »der Zeitpunkt ist der richtige.«

Ich wusste nicht, was in ihn gefahren war und wäre gern gegangen. Doch ich blieb sitzen und hörte ihm weiter zu.

»In diesem Paket steckt mein Leben. Sie müssen wissen, dass Paul Hünerli und ich, obwohl wir sehr verschiedene Existenzen führen und auch sonst keinerlei Ähnlichkeiten haben, doch so gegensätzlich gar nicht sind. Immerhin verbindet uns eine gemeinsame Leidenschaft, mehr noch: Ein gemeinsamer Lebenssinn.«

Er öffnete eine Schublade und zerrte eine dicke, mit metallenen Ringen versehene Kladde hervor.

»Mein Lebenswerk. Sie müssen wissen: Ich schreibe.«

Er sah mich an, als warte er auf eine Reaktion, jedoch vergebens, da jeder schrieb in diesem Lande.

Es ist ja weitaus schwieriger, dachte ich, jemanden zu finden, der nicht schreibt, da die Leute so viel Zeit zu haben scheinen, die sie mit überflüssigen Worten füllen, welche wiederum in Notizbüchern oder Blöcken festgehalten werden, aus denen es kein Entrinnen gibt.

Doch sein literarisches Coming-Out war nicht alles. Gleich darauf machte der Marktleiter einen unvorsichtigen Fehler, der noch mehr Distanz zwischen uns schaffte als der nun kaffeefleckenlose Tisch, indem er nämlich sagte:

»Gewiss ist mein Anliegen kein Leichtes, das müssen Sie mir glauben. Ich habe eine große Bitte an Sie, um das fürchterliche Wort Attentat zu vermeiden. Glauben Sie, dass es möglich wäre, Paul Hünerli mein Manuskript zukommen zu lassen? Vielleicht hätte er die Güte, mir nach kurzem Überfliegen eine Einschätzung zu geben, ob es sich dabei um ein dilettantisches oder ein ernstzunehmendes Werk handelt. Diese Frage lässt mir nämlich seit geraumer Zeit keine Ruhe.«

Mein eisiger Blick traf die aus seinen Augen starrende Hoffnung bis ins Mark.

»Wenn Sie noch einen Augenblick Zeit hätten, würde ich Ihnen gerne einen Passus daraus vorlesen.«

Fast flehend sah er mich an.

»Es ist ein Roman über einen Mann, der sich in seine Arbeit stürzt – und zwar in den Mikrokosmos eines Supermarktes. Ein Mensch, der vor seinem unerträglichen Zuhause flüchtet. Wenn Sie wollen, ein autobiographischer Roman, wie ich Ihnen durchaus verraten kann, denn auch mein Zuhause existiert im Grunde genommen nicht, da es sich steril anfühlt und Sterilität in ein Krankenhaus gehört, doch auf keinen Fall in ein Familienleben.«

Der Marktleiter schaute mich aus traurigen Augen an: »Alles ist aufgeräumt und geordnet in meinem sogenannten Zuhause. Überall befinden sich Kisten und Schubladen mit kleinen weißen Schildern, auf denen der Obergriff ihres Inhalts steht, so dass man sich nicht einmal während der Suche nach einem Gegenstand überraschen lassen kann, geschweige denn Gefahr läuft, einen

Gegenstand ganz unbeabsichtigt an einen falschen Ort zu legen. Und welcher Ort der richtige ist beziehungsweise der falsche, wird durch meine Frau bestimmt, die sowohl Orte als auch Gegenstände festlegt und somit die Menschen, die sich derer bedienen wollen. Ein falscher Griff und schon ertönt die Kreische meiner mich zurechtweisenden Frau: FALSCH GEMACHT! Dieses FALSCH GEMACHT verfolgt mich jeden Tag und raubt mir die zur Entspannung notwendige Ruhe. Dieses FALSCH GEMACHT ist wie ein ständiger Begleiter, den man nicht mehr länger erträgt, den man zu hassen beginnt, während man sich doch immer wieder aufs Neue bemüht: Das Brot in den Brotkasten, die Akten in den Aktenordner, Papiere in die unterschiedlichen, dafür vorgesehenen Hefter, Sterbeurkunden, Heiratsurkunden, Geburtsurkunden und zu guter Letzt natürlich das Testament, das ich rechtzeitig aufsetzen musste, damit meine Frau es exakt in der Mitte abheften und den Schnellhefter mit einem entsprechenden Namensschild versehen konnte. Kerzen kommen in die eine Kiste, Glühbirnen in die andere, Batterien in jene. Socken werden nach Farben sortiert.«

Nun keuchte er fast und tat mir auf einmal fürchterlich leid.

»Genauso unerträglich wie diese Schilder und diese Ordnung sind die Post-its, deren Namen allein ich zutiefst verabscheue«, fuhr der Marktleiter erregt fort. »An jedem Gegenstand, ob Schrank, Bild oder Spiegel hängt einer dieser hässlichen quadratischen und viel zu gelben Zettel, auf dem eine Nachricht meiner Frau steht, eine

Besserwisserei, eine Maßregelung wie zum Beispiel: Beim Lüften die Heizung ausdrehen! Nur Schock- oder Querlüften, nicht kippen! Täglich zwei bis drei Liter Flüssigkeit trinken! Botschaften ohne Bedeutung, Botschaften, die dem Wahn und den unnachvollziehbaren Zwängen meiner unzurechnungsfähigen Frau entstammen, der die Fähigkeit zur normalen zwischenmenschlichen Kommunikation schon längst abhanden gekommen ist.«

Ich versuchte zu verbergen, wie sehr mich seine Erzählung erschüttert hatte, wie sehr sie mir unter die Haut gegangen war, wo sie nun festsaß und ein Teil von mir wurde.

Auch er, dachte ich, war nur ein Opfer seines Schicksals, ein im Leben Gefangener.

Nun öffnete der Marktleiter das Manuskript und räusperte sich, bevor er mit nervöser Stimme zu lesen begann:

»Nachts streife ich durch die verlassenen Gänge des Supermarktes wie ein herrenloser Hund oder eine einsame Eule, auf der Suche nach dem Ganzen. Um mich herum die üppige Vielfalt der Glücksmacher, die man sich einverleibt, bevor einen der Schmerz überwältigt. Sehnsucht. Vor dem Hintergrund des leisen, doch unaufhörlichen Brummens der Tiefkühltruhe, deren Rastlosigkeit sich mit meiner trifft, berühre ich das kühlende Glas, unter dem sich die Packungen stapeln – eine auf der anderen und nebeneinander geordnet in Reih und Glied, als stünde der Zeitpunkt der Musterung, der Abnahme bevor, als könne eine Hand hineingreifen, um die Vollkommenheit mit einer unbedachten Bewegung zu zerstören, so wie man die Packungen zunichtemacht, und zwar sofort nach ihrem Gebrauch, ohne groß zu hinterfragen. Ich fange den Anblick ein, indem ich mich für einen Moment nur darauf besinne … Die Konzentration ist es doch, die den meisten Menschen abhanden gekommen ist heutzutage, weswegen sie immer wieder auf abgeschmackte Hilfsmittel zurückgreifen müssen, auf sogenannte Gedankenstützen oder Eselsbrücken. Und wenn auch diese nicht mehr helfen, auf Übleres in Form unästhetischer Post-its, die sie sich schlussendlich in die Mitte ihrer Stirn kleben – genau aufs Hirn!«

Wie gebannt lauschte ich den Worten des Marktleiters, den ich auf einmal beneidete um seinen Einfallsreichtum und Tiefgang und die Bilder, die seine Worte in meinem Kopf erzeugten.

»Geht's noch?«, fragte er und setzte wieder an, doch erst, nachdem er sich vorher kurz mit der Zungenspitze über die ausgetrockneten Lippen geleckt hatte.

»Erst war's der Ondulierstab, später der Pürier- oder Zauberstab, der die Kunden in den Laden zog. Nach dem Ondulierstab freilich folgten die Papilloten. Auf dem Markt herrschen eigene Gesetze – und ein jedes Produkt erreicht irgendwann die Phase der Sättigung.« Er räusperte sich. »Die Kundenbeobachtung im Rahmen der Marktforschung wollte ich nicht aus der Hand geben, wie auch ein Kapitän das sinkende Schiff erst als Letzter verlässt. Und so gewöhnte ich mir an, des Nächtens einsam in meinem Büro vor dem Computer sitzend, mich etwas näher mit den Menschen zu befassen, die in unserem Geschäft ein- und ausgehen, die ein Teil unseres Mikrokosmos sind.«

Hier stutzte er, zog einen Kugelschreiber aus der Tasche und strich den soeben vorgelesenen Satz.

»Entschuldigung.« Er räusperte sich: »Die in unserem Geschäft ein- und ausgehen, die einen Teil unseres Mikrokosmos bilden. Doch wer sind die Menschen? Welche Gefühle haben sie beim Auswählen der Ware, beim Berühren der Produkte oder während sie die Artikel in den Einkaufswagen legen, werfen oder fallen lassen? Was treibt sie in den Supermarkt und was erwartet sie beim Verlassen desselben? Jeder dieser Kunden ist mir bekannt, doch nur auf oberflächliche Weise. Mein Blick streift ihre Gesichter, als betrachte ich einen Freund. Ihre Einsamkeit ist auch meine und unser verbindendes Element ist dieser Supermarkt, der uns ein Ort des Schicksals wurde.«

Wunderbar, dachte ich. Dieser Text ist grandios und die Sprache des Marktleiters so einzigartig, dass man seine eigenen dilettantischen Auswürfe voller Scham ins Klo kippen möchte, um sie ein für allemal zu vernichten. Zumindest, solange da draußen solche Talente herumliefen wie dieser Marktleiter, der hier eine ihm unwürdige Existenz führen musste, während unsereins mit lächerlichen Schreibblockaden und niveaulosen Kurzgeschichten die Zeit totschlug. Womöglich auch noch in der Annahme, ein Anrecht auf das Schreiben und anschließendes Veröffentlichen zu haben!

»Und?« Der Marktleiter blickte auf, fast als schäme er sich, überhaupt vorgelesen zu haben. »Könnten Sie sich vorstellen, Paul Hünerli mein Manuskript zu geben?«, fragte er bescheiden.

Manuskript. Mauzskript ...

»Ihr Text ist schlecht«, sagte ich kühl, »solch ein Text eignet sich weder zum Vorlesen noch zum Weiterleiten an irgendeine andere Person. Herrn Hünerli mit der literarischen Qualität beziehungsweise Nichtqualität Ihres Textes zu belästigen, käme einer Beleidigung gleich, ja – um das Kind beim Namen zu nennen – einer Körperverletzung.« Ich stand auf: »Ich muss jetzt leider gehen.«

Gott sei Dank schien der Marktleiter nicht so erschüttert, wie ich befürchtet hatte.

»Da fällt mir ein Stein vom Herzen«, rief er erleichtert aus. »Nun bin ich endlich diese Last los, diesen Zwang, immerfort zu schreiben! Sie müssen wissen, ich habe bereits fünfzehn Manuskripte, die in beschrifteten Schubladen vor sich hin warten, als würden sie morgen abgeholt werden. Sie verstopfen meine Schränke, die Fächer, sie belagern mich förmlich, indem sie mir die Luft zum Leben nehmen. Noch heute Abend werde ich sie vernichten und Platz schaffen für etwas Neues ... Andererseits, was wissen Sie schon?«

Auf einmal schien er doch zornig zu werden: »Würde Paul Hünerli mir dies raten, würde ich ihm wohl glauben. Aber Ihnen? Am Ende sind Sie nur neidisch auf mein Talent!« Dann brüllte er: »Fast hätten Sie mich dazu gebracht, meine Meisterwerke zu vernichten. Nein, nein! Wir werden ja sehen, was wahre Literaturkenner zu meinem Werk sagen. Wir werden sehen!«, drohte er und schob mich zur Tür hinaus.

»Und jetzt muss ich Sie bitten, zu gehen: Wir schließen in ein paar Minuten und Sie haben ab sofort Hausverbot.«

TEIL FÜNF

1

Als ich vom Supermarkt nach Hause kam, tauchte plötzlich die Sonne auf, was mich jedoch nicht dazu verleitete, an irgendwelche guten Vorzeichen zu glauben. Stattdessen suchten meine Augen die gesamte Umgebung ab, ob da nicht wieder irgendwo ein Pech auf mich lauerte oder der Überbringer einer hässlich schadenfrohen Botschaft. Dabei fiel mein Blick auf die Magnolie, deren weiße Knospen sich in den warmen Sonnenstrahlen öffneten und in mir ein Gefühl leiser Zuversicht erwachen ließen.

Ich riss mir das elende Regencape vom Leib, in das ich mich eingeschweißt fühlte wie ein neu veröffentlichter Bestseller – oder eins der chinesischen Kalligraphiebücher, die momentan den Markt überschwemmten, obwohl doch keiner den Sinn ihrer Botschaften verstand. Dann schloss ich mein Rad ab und ging zum Briefkasten, immer noch auf eine Nachricht von Rado hoffend oder zumindest sonstige Post, die etwas Abwechslung in mein karges Leben hätte bringen können. Und tatsächlich fand sich ein weißer, regennasser DIN-A4-Brief darin, den ich aufgeregt aus dem kalten Metall zerrte. Beim Umdrehen des Kuverts stach mir sofort der rosa Aufkleber ins Auge, dessen mit einem schmierenden Kugelschreiber verfassten Text ich nicht sogleich verstand:

Einschreiben/Rückschein, Annahme verweigert
Dahinter eine gestochen scharfe Unterschrift:
Mauz

Manche Dinge passieren, obwohl sie doch jeglicher Logik entbehren, denn wie konnte ein mit der Post befördertes Einschreiben wieder an den Absender zurückgeschickt werden, nachdem es doch zur Vermeidung eines angeblichen Nichtankommens extra als solches auf den Weg gebracht worden war? Sogar mit Rückschein, was den Preis dank postalischer Dreistigkeit in exorbitante Höhe schnellen ließ! Unter der rosafarbenen Frechheit verbarg sich der verwischte Adressat, die Literaturagentur Mauz, wobei das M vom Regen fast vollkommen zerstört war und es sich nun las wie ein AUZ.

Mit dem Umschlag in der Hand schleppte ich mich die Treppen hinauf in meinen Mikrokosmos, für den ich allein – ohne Rado und ohne einen Mauz hinter der Mauer – keine Verwendung mehr hatte, wie mein Verstand mir sagte, der so müde war auf einmal, weil ihm die vergangenen Ereignisse viel zu viel abverlangt hatten.

Wo ist die Wut geblieben, fragte ich mich und schlurfte resigniert durch die Wohnung, mit hängenden Schultern all die Räume aufsuchend, durch die auch Roma Radomil gewandert war, um mich durch seine bloße Anwesenheit vom Schreiben abzuhalten – so wie ich nun, seit seinem Verschwinden, keine Silben mehr, geschweige denn Sätze in die Tastatur getippt hatte.

Bald würden andere durch diese Wohnung schleichen, beschloss ich. Sogenannte Nachmieter, auf der

Suche nach dem Sinn ihres Lebens oder einem Stück Zufriedenheit – vom Glück mal ganz abgesehen. Ein seltsamer Pragmatismus machte sich plötzlich breit und vertrieb die kitschigen Sentimentalitäten. Vielleicht beginnt es ja so, das neue Leben:
1. Aufräumen
2. Mietvertrag kündigen
3. den Mauz zur Rede stellen

Ich wiederholte diese Ausrufesätze, jedes Mal etwas lauter werdend, bis ich mir schließlich die drei Befehle um die Ohren haute. Mit einer Stimme, die nur auf dem Kasernenhof ihresgleichen fand, schrie ich mich zusammen, zu dem Zweck, meine Existenz nicht mehr länger zu beklagen, sondern eine würdigere Haltung anzunehmen, Contenance zu bewahren, wie der Frankophile zu sagen pflegt – und parierte dieses dröhnende Angeschrienwerden mit einem zackigen: »Jawoll!«

Kurz darauf zog ich die rosa Gummihandschuhe über, wildentschlossen, dem Feind den Garaus zu machen. Zuallererst würde ich sämtliche Erinnerungen an Rado auslöschen und damit sein Zimmer in den ursprünglich aseptischen Zustand bringen.
1.1 Bett abziehen
1.2 Bettwäsche in die Waschmaschine werfen
1.3 staubsaugen

Jawoll! Mit grimmiger Miene hob ich das Kopfkissen und wollte schon ansetzen und ihm die baumwollene

Haut vom Leibe reißen, als ich auf einen unscheinbaren Zettel stieß, der auf der Matratze lag.

verzeihst mir?

In krakeliger Handschrift geschrieben und mit einem Fragezeichen versehen. Fast wäre ich von Tränen der Rührung übermannt worden, doch hier, in Rados Zimmer, verbot sich solch memmenhaftes Verhalten. Jemanden ohne Ankündigung verlassen, ist das eine, dafür um Verzeihung bitten, das andere, auch wenn es keine Entschuldigung gab, die solch ein Benehmen gerechtfertigt hätte. Roma Radomil war hinausgegangen in die Welt, um Gutes zu tun. Sein großes Herz gehört allen, so wie die Fotos der kulinarischen Kreationen des Baumeisters für die Mägen vieler Menschen bestimmt sind, tröstete ich mich.

»Erstens: aufräumen! Zweitens: Mietvertrag kündigen! Drittens: den Mauz zur Rede stellen!«, schrie ich mich an und beschloss im gleichen Moment, die Reihenfolge der Befehle eins und zwei zu tauschen, um meinen endgültigen Auszug aus dieser gottverlassenen Wohnung auf der Stelle mittels schriftlicher Kündigung zu besiegeln. Ich löste die Gummihandschuhe, die sich auf der Hautoberfläche meiner Hände festgesaugt hatten, warf sie in die Ecke und marschierte im Stechschritt Richtung Arbeitszimmer – immer die notwendige Befehlsstruktur, nun in aktualisierter Reihenfolge, laut vor mich hin rufend.

Auch wenn der dritte Befehl nicht sofort im Anschluss an die vorhergehenden ausgeführt werden konnte, so lief er doch vor meinen Augen ab wie ein Film. Denn diesmal, wusste ich, würde es kein Erbarmen geben mit dem Mauz. Diesmal würde ich nicht Gnade vor Recht ergehen lassen, sondern den Mauz mit seinem größten Problem konfrontieren: Mir!

Die Kündigungsfrist betrug nur einen Monat. In jener unsteten Zeit, wo doch jeder weltumspannend elektronisch verbunden war, so dass der Aufenthaltsort keine Rolle mehr spielte, betraten und verließen die Menschen die in die Stadt herumstehenden Wohnkörper, wie sie lustig waren.

KÜNDIGUNG
Aus persönlichen Gründen kündige ich meine
Wohnung fristgemäß einen Monat im Voraus.
Ort, Datum, Unterschrift

Als der Drucker die Worte dieses hochoffiziellen Schreibens japsend auf das weiße Blatt goss, wurde mir schon etwas mulmig zumute, schwang doch in meiner Handlung sehr viel Romantik mit – oder was sonst war dieses Weggehen ohne Kalkül und Absicherung? Im Gegensatz zu den allgemein üblichen 2-Jahres-Garantien beziehungsweise Rücktrittsversicherungen und Widerrufsrechten hatte es beinahe etwas Zen-Buddhistisches – ähnlich dem Motto: »Der Weg ist das Ziel.«

Vielleicht aber war es auch nur, nach dem Beispiel Roma Radomils, eine Mischung aus Eigeninitiative, Mut und Unternehmergeist.

2

Diesmal nahm ich einen anderen Weg ins Paradiso, vermied Hauptstraßen und belebte Plätze und drückte mich stattdessen an den Häuserwänden vorbei, die schützende Kapuze des Regencapes weit ins Gesicht hineingezogen. Während der ganzen Zeit kreiste nur eine Frage in meinem Kopf, einem Schwarm hin und her tanzender Mücken gleich: War es Zufall oder Schicksal? Was hatte mich an den Computer getrieben und wer war für solch perfektes Timing zuständig:

NEUES VOM LITERATURWETTBEWERB:

Wir haben die Ehre, heute Abend die drei Gewinner unseres spontanen Kurzgeschichtenwettbewerbs zum Thema »Nicht verlegt werden ist wie nicht existieren« bekanntzugeben und vorzustellen.
 Ort: Tanzbar Paradiso
 Zeit: 20 Uhr

Insgesamt gingen mehr als 2000 Zusendungen bei uns ein. Wir danken der Firma DÜLÜKS für Ihre freundliche Unterstützung.
 Mauz, Inhaber der gleichnamigen Literaturagentur
 Hünerli, Bestsellerautor

»Drittens: Den Mauz zur Rede stellen!«, schrie ich mich im Schutze eines vorbeidonnernden Hünerli-Busses an, dessen Fahrer offensichtlich von der Route abgekommen war. Eine bessere Gelegenheit gab es doch gar nicht, als den Mauz hier und heute Abend mit seiner eigenen Schlechtigkeit zu konfrontieren und mit meiner gleich dazu.

Auf diese Weise blieben mir auch die Fahrtkosten nach Hamburg erspart und der Anblick des delirenden Hauswarts – seine Worte in Gottes Ohr. Ein kleines Problem allerdings gab es noch, wie ich beim Surfen durch die Google-News feststellen musste und was meine Vorsichtsmaßnahmen in puncto Kleidung und Schleichwege erklärte:

Das Überfliegen der meist überflüssigen Nachrichten war durch eine sogenannte Video-Fahndung unterbrochen worden, die die Polizei bei der Aufklärung eines Sachschaden-Deliktes einsetzte, indem sie potentielle Zeugen suchte und aufrief, sich zu melden – beziehungsweise das Nichtmitwirken unter hohe Geldstrafe stellte. 25.000 Euro, wenn ich mich recht erinnere. Die zur Ergreifung des Täters ausgeschriebene Belohnung dagegen belief sich lediglich auf 10.000 Euro, was irgendwie in keiner Relation zum Aufwand stand. In Anbetracht der Gefährdung, die vom gewaltbereiten Täter ausging, wies die Polizei auf das umfassende Zeugenschutzprogramm hin (Hilfe bei Wohnort- und Identitätswechsel, Übernahme der für plastische Chirurgie entstehenden Kosten).

Das von einer Überwachungskamera aufgenommene Video zeigte die vorsätzliche Beschädigung eines weißen Audi Cabrios. Der mit einem Regencape bekleidete Täter schlitzte das textile Dach des Fahrzeugs mit einem unbekannten Gegenstand auf, und zwar komplett, so dass die beiden Stoffhälften herunterklappten und der breite Riss dem Luxuswagen das Aussehen eines Sparschweins auf Rädern verlieh. Anschließend grub der Täter, dessen Gesicht durch die Kapuze kaum erkennbar war, mit dem gleichen Gegenstand zwei parallele, vollkommen symmetrische, tiefe Kratzer in die Seiten des Fahrzeugs. Von der Beschaffenheit dieser Kratzer ausgehend, schließt die Polizei auf einen Täter mit leicht autistischen Charakterzügen, möglicherweise auch eine Person mit Putz- oder sonstigen Zwängen, die dringend fachärztliche Hilfe benötigt und deren Einweisung in eine entsprechende Anstalt bereits beantragt ist.

Der Schaden des Fahrzeughalters belaufe sich, außer dem Wert des Cabrios, auf eine Summe im sechsstelligen Bereich, da sich im Fahrzeug eine komplette Fotoausrüstung befand sowie unersetzliche Aufnahmen und Karnevalskostüme.

»Zu was manche Menschen in der Lage sind«, schimpfte ich laut vor mich hin, dem Credo »Auffällig ist am unauffälligsten« folgend, während ich mich über die Mutmaßung ärgerte, der Täter leide unter einem Putzfimmel. Zugegebenermaßen hatte mir früher, im Rahmen meiner verschiedenen Putzstellen, das Eliminieren von Fett- und Bratenresten in gewisser Weise Befriedigung bereitet, so wie manch anderer sich vielleicht am Heckenschneiden oder Tontaubenschießen erfreut. Doch erschien mir dieses Verhalten, also die Erleichterung und Zufriedenheit nach dem erfolgreichen Beseitigen von Dreck und Schmutz weniger neurotisch als die

Fähigkeit, dessen Anblick über einen längeren Zeitraum unbeeindruckt auszuhalten.

Drittens: den Mauz zur Rede stellen, hallte es durch meine dunklen Gedankengänge. Als sollten sich all meine Kraft und Wut nur auf das Bevorstehende konzentrieren, als sollten weder Energie noch Gedankenpartikel an andere Themen verschwendet werden, die doch nur die Schwächung meines kriegerischen Plans zur Folge hätten, dessen Taktik noch immer eine schwammige war, hinderte mich mein sich in alle Richtungen zerstreuender Verstand auch jetzt, wie so oft, am klaren Denken.

Klares Denken, ohne sich vom Weg abbringen zu lassen, ist eine beneidenswerte Fähigkeit, die hauptsächlich zielorientierten Menschen zu eigen ist. Menschen wie dem Mauz zum Beispiel, welcher, in Gedanken schon beim Herunterhandeln seines Antikwachses auf eine bestimmte Summe X, den Flohmarkt betritt. Welcher spontane Kurzgeschichtenwettbewerbe auslobt mit der Absicht, die Einsendungen unter keinen Umständen zu öffnen. Geschweige denn zu lesen. Und der schließlich die Annahme meines Einschreibens mit Rückschein gnadenlos verweigert, um meinen Sieg auf jeden Fall zu verhindern. Auch den Baumeister hat er ja nur unter Vertrag genommen, um ihn zu seinem Gehilfen zu machen, zu seinem Mitwisser und Mittäter, ohne dass jener von den Machenschaften seines Kompagnons auch nur den blassesten Schimmer hatte. Im Gegenteil: Höchstwahrscheinlich glaubte er, dessen Leben bisher verlaufen war wie eine Achterbahnfahrt, im tiefsten Inneren doch noch an das Gute im Menschen, so wie man bei der Ankunft auf der Zielgeraden und nach dem Aussteigen aus dem Wagon erst mal auch nicht genau weiß, wo oben und wo unten ist.

Mit solchen und ähnlichen Ideen beschäftigt, stand ich plötzlich vor der Tür der Tanzbar Paradiso und skandierte zur Vermeidung aufkommender Ängste in die klare Nacht: »Augen zu und durch!«

3

Gleißende Scheinwerfer hatten die Tanzfläche in eine Art Vorhof zur Hölle verwandelt. Kaum vorstellbar, dass dort noch vor kurzem unter der Discokugel das Tanzbein geschwungen worden war. Stattdessen standen im Zentrum der Fläche nun ein Tisch und zwei identische Stühle, deren Lehnen sich in exakt gleichmäßigen Abständen von der Tischkante entfernt befanden, als ob nur Zwillinge berechtigt wären, sich darauf niederzulassen. Auch die Tischreihen, in denen Rado und ich damals Platz gefunden hatten, waren verschwunden. Stattdessen saßen nun vor der Bühnenkulisse elegant gekleidete Männer und Frauen auf einer extra installierten Tribüne, wobei aus den Sakkotaschen der anwesenden »Herren« ausnahmslos Einstecktücher herausragten, die möglicherweise als Erkennungsmerkmal irgendeiner geheimen Verbindung zu deuten waren.

Ich schlich mich die Stufen am Rand der Sitzreihen hinauf. Unbemerkt, da die Menschen aus kaum nachvollziehbaren Gründen immer wieder in die jeweiligen Mitten der Zuschauerräume streben, sich maximal eine Handbreit von jener Mitte entfernt niederlassen, von wo aus sie glauben, das Spektakel optimal verfolgen zu können, das ihrer Meinung nach ebenfalls im Zentrum der Bühne stattfinden muss. Es ist mehr als schleierhaft, warum diese Leute jedes Mal aufs Neue den gleichen Fehler begehen, indem sie beim Erwerb ihrer Eintrittskarte nicht die Begleitumstände eines solchen Sitzplatzes bedenken, zu dem Störfaktoren wie aufgetürmte Hochsteckfrisuren zählen, aber auch Dauerwellen und lange Hälse, die sich zur besseren Sicht auch noch abwechselnd mal nach rechts, mal nach links verrenken lassen. Nicht zu vergessen laut schnatternde Kaffeekränzchen, die im Rahmen eines sogenannten Tapetenwechsels das heimische Wohnzimmer verlassen hatten.

Während sich die anwesenden Damen und Herren in der Mitte zusammenpferchten wie die halbtoten Hühner einer freudlosen Legebatterie, fläzte ich mich auf meinen Platz im menschenleeren Randbereich, glücklich über die Arm- und Beinfreiheit und in aufgeregter Erwartung dessen, was nun kommen würde. Ganz am Schluss jedenfalls, soviel war sicher, würde ich den Mauz zur Rede stellen. In einer stillen Minute würde ich ihn mir zur Brust nehmen.

Die Stimme eines Kommandanten dröhnte durch das Mikrophon: »Eins zwei, eins zwei ...«

Ich musste eingenickt sein, wohl durch die viel zu warme, verbrauchte Luft und die Ausdünstungen der Einstecktücher, die nun wie Waschlappen über den Brusttaschen der schwitzenden Herren hingen. Die Damenparfums waren zu einem ätherischen Gemisch verschmolzen, weswegen der Kopf so manch einer narkotisierten Zuschauerin seitwärts auf der nachbarlichen Schulter ruhte oder frontal am Rücken der in der Vorderreihe sitzenden Person. Auch die Herren wirkten etwas sediert, jedoch um Haltung bemüht, als sie so manches Mal mit einem erschöpften Schnauben aus dem

Sekundenschlaf gerissen wurden – kurz bevor der müde Kopf nach rechts oder links gekippt wäre.

Auf einmal gingen die Lichter aus und ein Spot warf sich auf zwei Gestalten, die aus dem Nichts aufzutauchen schienen und Richtung Sitzecke drängten. Sofort brandete heftiger Applaus von den wiederbelebten Tribünenplätzen auf, als handele es sich bei dem noch nicht einmal erfolgten Anfang um das Ende einer gelungenen Vorstellung und als sei schon die pure Anwesenheit der Prominenz Grund genug, ihr mit überschwänglicher Inbrunst zu huldigen.

Den Menschen scheint jegliches Urteilsvermögen abhanden gekommen zu sein, ärgerte ich mich in mein Regencape.

Nun zog der Möchtegernvermittler Mauz das Mikrophon zu sich heran, nachdem er ein Keilkissen auf seinen Stuhl gelegt hatte, das ihn in erster Linie optisch erhöhen und erst in zweiter seinen Rücken schützen sollte, also den besonders hexenschussgefährdeten Lendenbereich. Der Baumeister dagegen ruhte in sich. In fast mönchsähnlicher Versenkung saß er vor einem Buch und ließ der Welt um ihn herum ihren Lauf.

Selbst wenn ein Schwarm hungriger Mücken um seinen Kopf kreisen würde, vermutete ich, selbst dann bliebe er statuengleich auf seinem keillosen Platz sitzen, ohne sich am schwitzigen Kragen des Mauz zu stören beziehungsweise an dessen penetranten Worten, mit welchen jener sich beim Publikum einschleimte, um abzulenken von seiner Schlechtigkeit. Es roch nach Schweißfüßen auf einmal. Oder nach Kohl. Vielleicht aber dünstete auch nur mein Regencape in der subtropischen Luft aus.

»Liebe Literaturfreunde und -freundinnen«, begann der Mauz seine Rede und blinzelte in unsere Richtung, die sich ihm als schwarzes Loch präsentierte, saßen wir alle doch im Dunkeln, im Gegensatz zu ihm, dessen durch das gleißende Licht hervorgerufene Schweißperlen auf der Stirn funkelten.

»Es ist mir eine besondere Ehre, Ihnen heute Abend die Gewinner unseres spontanen Kurzgeschichtenwettbewerbes vorstellen zu dürfen, welcher ein großer Erfolg war, da mehr als zweitausend Zusendungen bei uns eingingen. Sowohl als normale Briefe als auch als mit zusätzlichen Kosten verbundene Einschreiben und sogar als Einschreiben mit Rückschein!«

Ich spürte, wie es begann, in mir zu kochen, und ich versuchte, in Windeseile, das Regencape zu öffnen, in dem ich gerade zu ersticken drohte.

»Natürlich war so manch eine Geschichte dabei, deren Absender sich das Porto hätte sparen können«, fuhr der Mauz fort und schaute Zustimmung suchend zum Architekten hinüber, dessen Augen jedoch geschlossen waren, als ginge ihn die ganze Sache nichts an.

»Bei der überragenden Mehrheit aber, und darauf bin ich besonders stolz, handelte es sich um ausnahmslos interessante Werke, deren Autoren sich durchaus Hoffnungen auf eine literarische Karriere machen können. Vor allem«, nun stand er auf, der Mauz, »wenn sie die Dienste meiner Agentur in Anspruch nehmen, die doch zu den renommiertesten im gesamten Bundesgebiet zählt. Ost und West eingeschlossen«, wie er überflüssigerweise hinzufügte, was mich ziemlich nervte. Besonders vor dem Hintergrund, dass der Reißverschluss klemmte, weil die sogenannte Führung sich regelrecht ins Plastikgewebe des Umhangs hineingefressen zu haben schien, wo sie nun unwiderruflich verharrte.

Der Mauz trat nun aus dem Scheinwerferlicht heraus. Sozusagen im Dunkeln tappend, hörte ich seine Stimme aus gefährlicher Nähe und fühlte mich dabei wie ein mit dem Kescher gefangener Fisch.

»Sehr verehrte Damen und Herren«, fuhr die Stimme fort, mal lauter mal leiser werdend, »ich darf Ihnen nun die Gewinnergeschichte vorstellen, deren Autor heute Abend leider aus persönlichen Gründen nicht anwesend sein kann. Unter dem Pseudonym Postiter schrieb er eine verblüffend authentisch wirkende Kurzgeschichte mit dem bezaubernden Titel *Kein Feiertag, der kein Ende hat*, die vom Geschäftsführer eines Supermarktes handelt, dessen gesamtes Leben sich eben in besagtem Konsumtempel abspielt.«

Es war nicht mehr auszuhalten. Nun hatte sich auch die Kapuze am Kopf festgesaugt, weil meine Haare zuerst elektrisch aufgeladen und anschließend vor Panik nass wurden. Lange, wusste ich, würde ich den Zustand nicht mehr ertragen, sondern in einem unerwarteten Moment, dann jedoch auf der Stelle, rücksichtslos explodieren.

»Dem Autor Postiter gilt unser ganzer Beifall und unser Lob«, spulte der Mauz seine Rede ab, »und innerhalb von fünf Tagen wird ihm eine Designerküche der Marke DÜLÜKS geliefert, in der er sich in der Welt der kulinarischen Genüsse erproben kann. Die entsprechenden Kochbücher dazu bekommt er als Dreingabe mitgeliefert – selbstredend handsigniert von unserem hochverehrten Paul Hünerli ...«

»Schiebung!«, wollte ich rufen, während die Ignoranten lauten Beifall spendeten. Doch mein Schrei verhallte im Regencape. Wie gern hätten meine Hände den Hals des Schwätzers zugedrückt, um ihn für immer zum Schweigen zu bringen!

»Der zweite Preis«, sagte die Stimme, auf die sich nun endlich ein Spot richtete, »geht an Barbara Müller. Ihre Geschichte *Als meine Muschi starb* hat uns zu Tränen gerührt. Selten hat es ein Autor, besser eine Autorin, geschafft, den tiefen Schmerz, den der Verlust der geliebten Katze hervorruft, in solch ergreifende Worte zu fassen.«

Der Mauz guckte nun suchend in den Zuschauerraum, um die glückliche Frau Müller zu finden, die sich auf ein Wochenende mit Paul Hünerli freuen konnte. Armer Baumeister, wer hatte schon Lust, sich von einer dahergelaufenen Hobbyautorin die Zeit stehlen zu lassen? Mein Herz begann zu rasen, meine Ohren glühten. Gleich würde ich umkippen.

»Wer von Ihnen ist Barbara Müller?«, fragte der Mauz und blickte erwartungsvoll ins Dunkel.

»Ich!« Eine Stimme hinter mir erhob sich und eine Gestalt, die probierte, trotz der Lichtlosigkeit den Weg auf die Bühne zu finden. Als ihre schwarze Silhouette dicht neben mir auftauchte, deren überbordender Oberkörper nur durch den billigen Trick eines Wonderbras oder den Einsatz von Silikon zu erklären war, geriet ich in Panik, die in der reflexhaften Seitwärtsbewegung meines linken Fußes mündete, der sich unglücklicherweise mit dem rechten Bein der Frau Müller verhakte. Woraufhin diese nach vorne stürzte und mit einem beinahe hysterischen Schrei die Treppe hinunterfiel. Sofort gingen sämtliche Lichter an und alle rannten zu der gefallenen Autorin, die fürchterlich zu weinen begann.

Ich flüchtete auf die Toilette, wo ich mich in einer Kabine einschloss und mir das Regencape vom Leib riss. Mein schweißgebadeter Körper begann zu zittern, während draußen nach einem Krankenwagen gerufen wurde.

4

Eine Kabine, sei sie auch noch so klein, bietet einem zuallererst einmal Schutz und die nötige Ruhe, nach gewaltigen Aufregungen langsam wieder zu sich zu kommen, Abstand zu finden, und die Kraft, das sogenannte stille Örtchen irgendwann auch wieder zu verlassen. Zwangsläufig musste ich an Paul Hünerli denken und seinen friedlichen Gesichtsausdruck. Als habe er vom Reis der Krishna-Jünger gegessen.

In einer anderen Welt befand er sich nun, der Hünerli, ging mir durch den Kopf, in einer geistigen, in der irdene Probleme mit einem gütigen Lächeln bedacht wurden. Ich versuchte, tief und gleichmäßig zu atmen, dabei die Regeln der Abdominal-Respiration einzuhalten und legte zur Kontrolle meine Hände auf den Bauch, der sich hob und senkte, jedoch nie völlig verschwand. Was meine Gedanken sofort zu einen OP-Tisch lenkte, über den sich ein perfekt aussehender Schönheitschirurg beugte, welcher, mit Mundschutz und einem gleißenden Skalpell bewaffnet, nach erfolgter Begutachtung der zu bearbeitenden Körperpartie den wohlgeformten Kopf schüttelte:

»Da kann man nichts machen«, schien er sagen zu wollen, » ich bin Chirurg, kein Wundervollbringer.«

Anschließend ließ er mich alleine auf dem Tisch zurück, um sich Patienten mit einem Minimum an Potential zu widmen.

Diese doch ziemlich frustrierende und aussichtslose Szene hatte meinen Puls besänftigt, mich sozusagen ernüchtert, so dass ich mich langsam wieder in der Lage fühlte, aus meinem neu gewonnenen Refugium herauszutreten. Ich wollte zurückgehen, mich hocherhobenen Hauptes auf meinen Platz am Rande setzen, um von dort aus das Geschehen in aller Herrgottsruhe zu beobachten und wollte sogar auf die Konfrontation mit dem Mauz verzichten, da auch ausgetragene Konflikte nicht zwangsläufig zu Lösungen führen. Doch als wäre der Teufel im Spiel, wurde mein pazifistischer Plan bereits im Vorfeld vereitelt. Genau genommen erledigte er sich von selbst, als ich versuchte, den silbernen Verriegelungsknauf unter der Türklinke umzudrehen, der jedoch starr in seiner Position verharrte und sich auch nach mehrmaligen Anläufen nicht bewegen ließ.

Auf das detaillierte Schildern meiner Verzweiflung verzichte ich an dieser Stelle: Der Höhepunkt war erreicht, als mir auch die Blamage des möglichen Entdeckt-Werdens völlig gleichgültig wurde, ich also mit den Fäusten wie eine Verrückte gegen die Tür schlug, während ich immer wieder panisch um Hilfe schrie und den Klosettdeckel auf- und niederknallte, bis er zerschellte, was mich hemmungslos weinend auf dem Boden zusammenbrechen ließ. Nach gefühlten zwei Stunden erst betrat jemand die Toilette und drehte den Wasserhahn auf, um sich die Hände zu waschen, drückte nach dem Vorgang auf den automatischen Handtuchhalter, der ein zurrendes Geräuch von sich gab. Dann schien die Person einen intakten Reißverschluss zu öffnen, um schließlich in einer unübersichtlichen Handtasche zu wühlen. Nach mehrminütigem Klappern hörte ich ein zischendes Geräusch und die Toilette wurde von einem chemischen Friseurduft erfasst, der sich in meiner Kabine verteilte und mir einen fürchterlichen Hustenreiz bescherte.

Ich glaubte, ersticken und wie ein Silberfisch auf dem kalten Kachelboden des Klos sterben zu müssen, als ich eine Stimme hörte:

»Hallo? Blauchen Sie Hilfe?«

An diesem Abend änderte sich meine Einstellung zu den Chinesen total, denen meiner Meinung nach aufgrund ihrer außerordentlichen Beobachtungs- und Auffassungsgabe der Vorzug gegeben werden sollte. Und zwar in jeglicher Hinsicht, denn nur ein hochintelligenter Mensch, wie diese neue chinesische Bedienung des Paradiso, war in der Lage, die Situation richtig einzuschätzen und die geeigneten Maßnahmen zu ergreifen:

1. mein Schluchzen und die damit verbundenen unartikulierten Laute richtig interpretieren
2. mich beruhigen
3. Hilfe holen

»Legen Sie sich nicht auf«, sagte die Chinesin. »Ich hole Hilfe!«

Verständlicherweise reagierte ich auf diese Worte zuerst mit dem entsprechenden Misstrauen, denn Misstrauen ist, soweit ich es analysieren konnte, weder gottgegeben noch genetisch bedingt, sondern entsteht einzig und allein durch eine unglückliche Häufung von Zusammentreffen mit Schnäppchenjägern und andersartigen Ausbeutern. Durch Erfahrungen eben, aus denen wir unsere Erkenntnisse ziehen – ob bewusst oder unbewusst. So erwartete ich auch in dieser aussichtslosen Lage keine Rettung, sondern ergab mich mit der angemessenen Demut meinem Schicksal.

5

»Hören Sie auf sich zu schämen!«, sagte der Architekt. »Überlassen Sie das lieber denen, die allen Grund dazu haben.«

Dann betrachtete er nachdenklich meine Locken.

»Dass wir uns wiedersehen würden. Noch dazu unter solchen Umständen ...«

Ja, dachte ich, und unter was für Umständen! Die Chinesin war ihm nachgelaufen, als er gerade die Tanzbar verlassen wollte, als Letzter, nachdem die Veranstaltung wegen des Bänderrisses der Autorin Barbara Müller abgebrochen werden musste.

Aus Gründen des Anstands, wie der Architekt die Worte des Schwätzers Mauz wiedergab, welcher es sich nicht hatte nehmen lassen, die begnadete Nachwuchsautorin persönlich ins Hospital zu begleiten und sogar versprach, während der Fahrt im Rettungswagen ihre Hand zu halten.

»Er wittert Morgenluft«, sagte der Architekt lachend und ich verkniff mir die Frage, ob sich diese Morgenluft angesichts der XXL-Körbchengröße der Frau Müller auf das rein Geschäftliche oder Private bezog.

Vollkommen entmenscht hatten sie mich aus der Toilette gezerrt, der Architekt und die Chinesin, die mir gleich ein Fläschchen unter die Nase hielt, das meine Lebensgeister wieder wecken sollte. Tigerkralle oder so ähnlich. Ich werde es mir im Internet bestellen, für alle

Fälle, denn keiner kann im Voraus ahnen, was das Leben noch so an Überraschungen bereithält.

Als ich meine Augen öffnete, hatte ich zuerst das Gefühl, ich schaue in das Gesicht des perfekten Schönheitschirurgen und dachte, dass es nun gleich soweit sei und er sein Skalpell genau an den grünen Markierungen auf meinem Bauch entlang ziehen würde. Den gestrichelten Wegweisern in Richtung Fettlosigkeit, in eine Zukunft ohne Speck, wenn es sein muss, auch ohne Narkose – doch nach und nach verschmolzen gespeicherte Erinnerungen und Geistesgegenwart zu einer Einheit namens Rollkragen, was mich mit einem Satz hatte aufspringen lassen.

»Das ist eine höchst ärgerliche Angelegenheit, der ich auf den Grund gehen werde«, kommentierte der Architekt das nicht angenommene Einschreiben mit Rückschein, »hier handelt es sich um offensichtlichen Betrug.« Er schüttelte gedankenverloren den Kopf. »Ich habe mich schon öfter gefragt, was Sie wohl so machen und ob die Mauer noch in Ihrer Wohnung steht.« Er lächelte. »So manches Mal kam mir die verrückte Idee, Sie einfach anzurufen…«

Mein Kopf fühlte sich noch immer taub an und, obwohl ich ihm alles zum Thema Einschreiben gesagt hatte, fehlten doch die entscheidenden Puzzleteile.

»Sie haben mich auf das Kochen gebracht. Dafür wollte ich Ihnen danken«, sagte Paul Hünerli, »ohne Sie hätte sich mein Leben nicht so drastisch verändert damals, so kurz vor dem Kollaps.«

Die Tigerkralle ist ein perfides Elixier. Sie scheint die destruktiven Gefühle wie Angst, Wut oder Verzweiflung in einen statischen Zustand harmonischer Indifferenz zu verwandeln und den Konsumenten höherer Dosen sogar in unbegründete Glückseligkeit zu tauchen. So saß ich, trotz der widrigen Umstände, schweigend und völlig in mir ruhend vor Paul Hünerli, der, indem er den Absprung vom genervten Architekten zum freien Autor geschafft hatte, nun sozusagen meinen Lebenstraum verwirklichte.

»Und? Was hast du davon?«, wollten sich mir skeptische Gedanken in den Weg stellen. Doch ich quittierte ihren Einwand mit einem Lächeln, das tief aus meinem Inneren kam, und staunte über mich selbst.

»Soll ich Ihnen ein Taxi rufen?«, fragte Paul Hünerli.

»Nein danke«, lehnte ich ab, »ich möchte zu Fuß gehen und die frische Luft genießen.«

Er lächelte: »Ich muss Ihnen unbedingt mein neuestes Projekt zeigen! Kommen Sie morgen um 17 Uhr zur Endhaltestelle der Buslinie 2. Ich werde dort auf Sie warten.«

Fast hätte ich ihn zum Abschied umarmt. Doch die ersten, mit der nachlassenden Wirkung der Tigerkralle verbundenen Ängste bohrten sich langsam an die Oberfläche und beschäftigten meinen Kopf vor allem mit der Frage, was mich an der Endhaltestelle der Buslinie 2 erwarten würde.

Überhaupt, ausgerechnet die Linie 2, die jene Straßenbahn ersetzt hatte, die ich mit Rado hatte nehmen wollen, als ich noch nicht wusste, dass ihre Gleise auf

Nimmerwiedersehen nach Asien verschwinden würden. Alles drehte sich im Kreis, die Gedanken und mein Körper, der ein wenig zu schwanken begann. So verabschiedete ich mich, indem ich die ausgestreckte Hand Paul Hünerlis drückte und sah mich dabei in Gedanken hinter der verschütteten Gleisbaugrube in den Bus Nummer 2 steigen, mit einem Koffer in der Hand, in welchem sich mein geblümter Pyjama befand, eine Zahnbürste sowie ein paar ausgewählte Kleidungsstücke. Das Notebook trug ich dabei unter dem Arm …

Die Paranoia trieb mich aus dem Paradiso: Was, wenn der Architekt Gedanken lesen könnte?

»Morgen um 17 Uhr: Verabredung mit Paul an der Endhaltestelle der Buslinie 2«, sagte ich mir mehr als tausend Mal, um es ja nicht zu vergessen, während ich durch die menschenleeren Straßen der späten Nacht lief. Bis ich plötzlich auf einen Trupp Chinesen stieß, die eine Litfaßsäule plakatierten – und zwar in solch einem Affenzahn, dass die Legalität der Aktion stark in Zweifel gezogen werden musste. Als sie mit ihrem grauen Lieferwagen verschwanden, trat ich an die Säule heran.

Zuerst glaubte ich, die Tigerkralle täusche mir eine Fata Morgana vor, weswegen ich mich auf den Bürgersteig setzte, um in Ruhe abzuwarten, bis die Wirkung nachlassen würde. Doch als die ersten Berufstätigen an mir vorbeihetzten, den Blick starr nach vorne gerichtet, und sich der Himmel zu einem kitschig-schönen, rosaroten Sonnenaufgang durchrang, fing ich an zu glauben, was sich vor meinen Augen abzeichnete: Rados riesiges

Konterfei, das spitzbübisch auf mich herablächelte. Darunter die frischgedruckten Worte:

Roma Radomils Dadaistisches Mach(t)werk
Erschienen im Selbstverlag.
Jetzt überall im Buchhandel erhältlich.

Dada. Von wegen Vokabel aus seiner mir unbekannten Muttersprache! Baba:
Wiener Abschiedsgruß (Slg.) mit vier Buchstaben.
Roma Radomil war von mir gegangen, um die Bühne der Weltliteratur zu erobern, wie mir langsam dämmerte ...
Ich flog regelrecht nach Hause an meinen Rechner, wobei es mich beim Magnolienbaum noch einmal kurz riss, wie man sagt, da mich Rado nun auch von der Plakatwand gegenüber angrinste.

6

Im Grunde genommen und im Nachhinein betrachtet, erscheint mir das Erlebte wie ein Traum, der in verschiedenen Episoden und Nächten geträumt worden ist, oder wie ein perfekt konstruierter Film, so irreal und seltsam, so magisch fast, schlossen sich doch alle Kreise. Andererseits, laufen Leben nicht immer so ab, in sich ständig schließenden Kreisen und dem damit einhergehenden permanenten Staunen, dem Dauerstaunen mit offenem Mund über so viel Zufall – oder Schicksal?

Dadaistisches Mach(t)werk. Bei Google wurde ich schnell fündig: Auf einer Website erschien das Foto unseres Magnolienbaums, hier mit aus weißem Papier geformten Riesenblüten. Origami, die Kunst des Faltens, musste ich unweigerlich denken und klickte auf eine der Blüten, die sich daraufhin öffnete und zu einem Blatt mit folgender Botschaft auseinanderklappte:

das
dadaistische
Mach(T)werk:
ein Versuch

Gespannt flog ich auf die nächste Blüte:

was
werden Sie
schreiben?

Noch wunderte ich mich und öffnete eine andere:

sockenstricken
intellektuelle
herausforderung
masche an masche

Und wieder eine andere:

vermeiden
sie
chinesische
fabrikate

Bis mir Seltsames schwante ...

der
mensch
versucht
seine schlechtigkeit
zu tarnen
indem er
einen falschen namen
auf das klingelschild
klebt

Da war sie, die Gewissheit, dass auch Radomil ein Dieb war. Zwar kein Hühnerdieb, dafür ein Buchstabendieb. Einer, der sich an meinem Werk vergriffen, mich betrogen und meine Gutmütigkeit schamlos ausgenützt hatte.

mit einer mauer
vor dem kopf
lebt es sich
anders
nicht besser
nicht schlechter
nur anders

Roma Radomil würde der Letzte sein, regte ich mich auf und beschloss, dieses Leben sofort zu beenden. Doch nicht, indem ich es mir nahm, sondern indem ich diese Wohnung verlassen würde, die als Bühne und Entstehungsort all dieser verflixten Enttäuschungen und sogenannten Zufälle ihren Teil zu meinem zwischenmenschlichen Scheitern beigetragen hatte, das mich sonst niemals in dieser vollen Wucht hätte treffen können.

»Heute um 17 Uhr Verabredung mit Paul an der Endhaltestelle der Buslinie 2«, rief ich empört.

Mein Koffer war schnell gepackt, in einem Tempo, das typisch ist für Menschen, die kalten Gefilden entfliehen, um sich in der Sonne zu wärmen, von der sie sich Rettung erhoffen. Die Kündigung war geschrieben, den Schlüssel würde ich in den Briefkasten werfen.

Es klingelte.

Ich zögerte, öffnete dann doch das Küchenfenster. Vor dem Plakat mit Roma Radomils Porträt stand der Mauz und notierte etwas in einen Terminkalender.

7

Das Schließen des Kreises geht mit dem Erkennen desselben (und dem unbedingten Erstaunen darüber) einher, sowie mit der Erinnerung an ein zurückliegendes, richtungsweisendes Ereignis vom Zeitpunkt der nachträglich als solche titulierten Ausgangssituation (deren Position sich nach dem Schließen des Kreises formbedingt auch verschieben kann), wobei nicht immer mit hundertprozentiger Sicherheit zu rekapitulieren ist, ob dieses richtungsweisende Ereignis tatsächlich stattgefunden hatte – oder womöglich nur auf Einbildung beruht.

Teufelskreise dagegen, jene schlechten, weil unnützen, sind perfekt durchorganisiert und an ihrem negativen Anfang erkennbar, welcher zwangsläufig in ein unausstehliches, den Neubeginn symbolisierendes Ende mündet. Im Gegensatz zu neutraleren zieht dieser Typ Kreis keinerlei Zweifel nach sich, sondern die absolute Gewissheit über die tatsächliche Existenz des (richtungsweisenden) Erlebten.

17 Uhr Verabredung mit Paul ...

Nur in Erwartung dieses bevorstehenden Ereignisses war es mir überhaupt möglich, den verhassten Literaturagenten in meine Wohnung zu lassen, die mir einst Zufluchtsort war, nun aber die Bedeutung eines Fluchtpunktes bekam, den ich noch am selben Tag, also Knall auf Fall, verlassen würde – und zwar für immer!

Schon die Art, wie er vor der Tür stand, machte mich ungeheuer aggressiv, sein gesenkter Blick und die dazu gespielte Reue gingen mir auf die Nerven. Er besaß auch noch die Frechheit, mir einen Blumenstrauß in die Hand drücken zu wollen. Doch ich ignorierte die roten Rosen, auch wenn ich, ehrlich gesagt, große Lust gehabt hätte, ihren Duft mit geschlossenen Augen einzuatmen. Abdominal, versteht sich von selbst!

Der Mauz trat herein, murmelte etwas von Paul Hünerli und dem Einschreiben mit Rückschein, legte die Blumen auf den Küchentisch und starrte aus dem Fenster. Dorthin, wo Roma Radomil frech in die Welt grinste mit seinen geklauten Buchstaben, mit denen er mich und alle anderen betrog.

Der Mauz sprach von Schuld, von Schuld in zweierlei Hinsicht und davon, dass er sich endlich befreien müsse von der Last, die bereits seit so langer Zeit auf seinen Schultern ruhe.

»Seit langer Zeit«, sagte er und sah mich an. »Wenn Sie wüssten.« Dann ging er in der Küche auf und ab …

»Kommen Sie zur Sache«, sagte ich laut. »Bleiben Sie endlich stehen und kommen Sie zur Sache.«

Er setzte sich auf den Küchenstuhl, und zwar genau auf den vor dem Fenster. Dorthin, wo einst Roma Radomil seine Hähnchen auseinandergenommen hatte. Auch der Architekt, der hier die eigens für ihn zubereiteten Speisen probierte, tauchte nun plötzlich als Bild in meinem Kopf auf – wie das Fragment einer Szene aus einem unendlich kitschigen Abschiedsfilm.

»Das Einschreiben«, begann er endlich, »es zurückzuschicken, war ein großer Fehler, den ich versuche, mit allen Mitteln wiedergutzumachen, die mir mein Einfluss auf dem literarischen Markt ermöglicht.«

Ich gähnte. Schon nach drei. Langsam wurde es Zeit.

»Doch es gibt eine Erklärung für mein Verhalten«, sagte er und legte seine Handflächen auf die erröteten Wangen, »sie liegt lange zurück und schlummert in tieferen Schichten.«

Sein Blick wanderte von mir zu Radomil, woraus ich schloss, dass er, während er mir dies alles erzählte, in Wirklichkeit dabei war, den großen Coup vorzubereiten, der bald auch Rados Stern am heiß umkämpften Literaturhimmel erstrahlen ließe.

»Einmal muss es ja gesagt werden«, murmelte er. Dann erhob er sich vom Küchenstuhl, um wieder auf- und abzugehen. Plötzlich blieb er vor mir stehen.

»Sie erinnern sich sicherlich an unser Treffen in Ihrer überschaubaren Stadt.«

Die Suche nach einem Hotelzimmer, einem günstigen, zentralen und guten, wenn möglich – und ob ich mich daran erinnerte!

»Damals besuchten wir gemeinsam die Preisverleihung des Autor Popp, den ich aus geschäftlichen Gründen ebenfalls treffen wollte. Es ging um den Abschluss eines Vertrages mit einem renommierten Verlag.«

Ich schwieg weiter.

Der Mauz wanderte nun wieder durch die Küche, hin zum Fenster und zurück.

»Was ich Ihnen nun anvertraue, geht mir nicht so leicht über die Lippen«, sagte er und räusperte sich: »Die ganze Zeit über war ich in Sie verliebt. Und ich meinte wirklich Sie, weil ich durch das Lesen Ihrer Geschichten Ihr wahres Wesen von Grund auf kannte.«

Ich musste mich setzen. Und zwar auf den Küchenstuhl, auf dem schon Paul Hünerli und Roma Radomil gesessen hatten, vor einem halben Jahrhundert oder mehr.

»Beim Besuch der Veranstaltung wollte ich mich Ihnen offenbaren. Ich wollte Ihnen einen Heiratsantrag machen.«

Ich starrte aus dem Fenster, auf Rados spitzbübisches Gesicht.

»Man mächts nicht glauben«, schien er sagen zu wollen, »da macht man einmal die Tier auf und schon passiert so was.«

Ich hoffte, dass der Mauz aufhören und verschwinden würde, aus der Küche, der Wohnung und aus meinem Leben.

»Doch Sie hatten nur Augen für Autor Popp!« Die Mauz-Stimme kippte. »Auch Ihre Ohren waren nur für Popps Worte geöffnet, während Sie mich links liegen ließen, obwohl ich rechts von Ihnen saß und ständig Ihre Schulter vor meinem Gesicht hatte. Ihre Schulter unter dieser fürchterlichen Strickjacke.« Er wurde laut. »Eine graue Strickjacke voller Fussel. Warum, fragte ich mich den ganzen Abend, kauft sie sich keine Fusselrolle?«

Er sank auf den Küchenstuhl: »Sie verstehen nun, dass ich den Autor Popp zutiefst hassen musste, da sich die Eifersucht wie ein vergifteter Pfeil in mein Gehirn bohrte. Deswegen konnte ich ihm nichts von dem Vertrag erzählen, der schon so gut wie in trockenen Tüchern war. Deshalb durfte des Popps Meisterwerk *Wie mein Herz in Dir hängt* nicht erscheinen!«

Auf meiner Uhr war es 15:47 Uhr.

»Möchten Sie mein Arbeitszimmer sehen?«, fragte ich ruhig.

Er sah mich weidwund an: »Ihre Reaktion vergrößert meine Schande. Ich dachte, Sie würden sich nach meinem Geständnis anders verhalten. Ich malte mir aus, Sie würden die Fassung verlieren wie die Protagonistin Ihres Manuskriptes.«

»Wollen Sie?«, wiederholte ich meine Frage zum letzten Mal.

»Es wäre mir eine Ehre, eine Ehre, die ich nicht verdient habe«, sagte der Mauz zögernd und schlich dann doch hinter mir her wie ein liebestoller Rauhaardackel.

Er klopfte an die Mauer.

»Kalksandstein«, sagte er fachmännisch, als sei er kein Geschichtenvermittler, sondern Architekt: »Der sogenannte KS-Stein besteht aus den natürlichen Rohstoffen Kalk, Sand und Wasser. Das optimale Material für gutes Raumklima: Angenehm kühl im Sommer, behaglich warm im Winter.« Er legte seine Hand auf die Mauer. »Der KS-Stein hat die Eigenschaft, schnelle Temperaturwechsel auszugleichen und ist somit ein optimaler Wärmespeicher.« Er sah mich an. »Nur in Klausur ist der Mensch zu kreativen Schaffungsprozessen fähig. Ihr Arbeitszimmer gleicht einer Kapelle, in der sich die göttlichen Strömungen mit den geistigen vereinen können. Die Entscheidung für den Kalksandstein war die einzig richtige, da er durch seine hohe Rohdichte echten Schallschutz garantiert. Hier dringen Geräusche weder nach draußen noch nach drinnen.«

Ich schwieg.

»Was ist das?« Der Mauz zeigte begeistert auf die Öffnung. »Eine Geheimtür?«

Ich hätte ihm gerne vom Magnolienbaum erzählt, an den man einen Wunsch richten konnte, der jedoch nur dann in Erfüllung ging, wenn man sich ganz stark auf ihn konzentrierte. Doch noch während ich über die richtige Wortwahl nachdachte und ob es überhaupt Sinn machte, ihm dieses Geheimnis anzuvertrauen, kroch der Mauz durch die Öffnung und verschwand. »Eine Magnolie!«, hörte ich ihn noch ausrufen und wie von Geisterhand fiel die Tür ins Schloss.

Genau 16 Uhr.

Ich klemmte das Notebook unter den Arm, nahm meinen Koffer und drehte den Schlüssel zwei Mal im Schloss um. Unten warf ich ihn, wie geplant, in den Briefkasten, auf dessen Boden er mit einem scheppernden Geräusch landete.

Anders als Absagen, dachte ich, die mit einem dumpfen Ton auf dem Grund des Metalls landeten – wie abgelehnte Einschreiben oder sogenannte Postwurfsendungen.

Vor dem Plakat mit Radomils verschmitztem Lächeln, das durch ein kaum wahrnehmbares Augenzwinkern unterbrochen wurde, drehte ich mich kurz um und warf einen letzten Blick auf die Magnolie. Überdimensionale Blüten versperrten die Sicht auf mein Fenster.

Der Baum ist gewachsen, dachte ich.

EPILOG

Ein Typoskript einfach so auslaufen zu lassen, ohne den Leser über den aktuellen Stand der Dinge zu informieren, käme einer Unverfrorenheit gleich, einer maßlosen Arroganz, wie man sie selbst kaum zu akzeptieren in der Lage wäre. Denn auch wenn ich der Meinung bin, mein Leben sollte in erster Linie ein privates sein, gehört es meines Erachtens zum guten Ton, Sie als Verfasserin dieses Textes, der Ihnen Einblick in eine Phase meines Daseins gab, zumindest davon in Kenntnis zu setzen, dass sich die Vorzeichen geändert haben und ein Ausbrechen aus sogenannten Teufelskreisen durchaus möglich ist.

Manchmal liegt es an einem klitzekleinen Detail, durch das die Karten neu gemischt werden und sich unerwartete Perspektiven eröffnen. Auf einmal scheint das Leben in leuchtende Farben getaucht, wo es doch vorher grau und wolkenverhangen war. Natürlich braucht es einen Auslöser, der die nötige Schubkraft liefert – oder eine außenstehende Person als Initialzündung.

Zufall oder Schicksal? Mit dieser Frage beschäftige ich mich schon lange nicht mehr, teilweise aus Zeitgründen, denn mein Tag ist nun ausgefüllt mit Realem, mit Aufgaben, Verpflichtungen und Terminen.

Auch vom Schreiben habe ich lange die Finger gelassen, stattdessen forme ich nun Zuckerwerk, das ich jedoch manchmal mit geheimen Botschaften fülle. So eine Botschaft könnte lauten:

»Geh hinaus in die Welt und erzähle, wie glücklich du bist!« Oder: »Schreib einen Liebesbrief!« Oder: »Frag deinen Nachbarn, wie es ihm geht!«

Aber der Reihe nach. Ich möchte Sie nicht verwirren, sondern Ihnen, die Sie solange durchgehalten haben, wenigstens mitteilen, dass alles ein gutes Ende genommen hat ...

Nicht weit entfernt von der Endhaltestelle der Buslinie 2 befand sich ein puristischer Neubau aus Kalksandstein: Pauls Baby. Hier plante er einen Gourmettempel, der seinesgleichen sucht.

Auf die Frage, ob ich mich daran beteiligen möchte, schien ich nur gewartet zu haben. Gemeinsam entwickelten wir das Konzept für den Himmel auf Erden, wie wir unser Restaurant nannten.

Zur Eröffnungsfeier warteten die Gäste in einer zweihundertfünfzig Meter langen Schlange vor der Tür, was ja niemanden wunderte, hatte sich doch Pauls Bekanntheitsgrad durch die verkauften *Lebensentwürfe* enorm vergrößert. Monatelang führten sie die in- und ausländischen Bestsellerlisten an.

Natürlich liegt es auch an der Einzigartigkeit unserer ständig neu kreierten Speisen und am Ambiente, dass unsere Stammgäste bereits Monate, manchmal Jahre im Voraus buchen. Die Chinesin aus dem Paradiso (Sie erinnern sich, die mit der Tigerkralle), gehörte von Anfang an zu unserem Personal, ebenso der Rest ihrer riesigen, unüberschaubaren Familie. Das Prinzip unseres Restaurants basiert auf zwei Pfeilern: Schweigen und

Genießen – dies alles in bewusst minimalistischer Atmosphäre. Die Gäste knien auf Tatami-Matten, vor denen lange schwarze Bänke stehen, die als Tische dienen. Es herrscht himmlische Stille, da unser Personal geschult ist, die Speisen in absoluter Lautlosigkeit zu servieren, wie auch unsere Gäste angewiesen sind, keinen Ton von sich zu geben, was vielen im ersten Moment etwas schwerfällt, denn dem Menschen scheint das permanente, unreflektierte Aussenden überflüssiger Botschaften in die Wiege gelegt worden zu sein.

Doch die meisten sind lernfähig. Nur wenn es notwendig ist, greift die Chinesin zum Stock und gibt dem Gast, der seine Selbstbeherrschung nicht unter Kontrolle hat, einen Hieb auf die Füße.

Unsere Gäste sind glücklich. Verlassen sie den Himmel auf Erden, scheinen sie zu schweben und ihr Gesicht umspielt ein unschuldiges Lächeln ...

Fast hätte ich es vergessen: Ein paar Tage nach dem Verlassen meiner Wohnung wurde der sogenannte Cabrio-Mörder gefasst. Es handelte sich um den Marktleiter, der von seiner Frau angezeigt worden war, die aufgrund der von der Polizei genannten Persönlichkeitsmerkmale sofort ihren Ehemann erkannt hatte. Gleich nach seiner Verhaftung legte der Marktleiter ein umfassendes Geständnis ab, das er mit den Worten kommentierte, er sei sehr glücklich, denn nun habe er endlich die nötige Zeit und Ruhe, sich dem Schreiben seiner Memoiren zu widmen.

Ach ja, die Tanzbar Paradiso existiert nicht mehr. Sie wurde geschlossen, nachdem die Autorin Barbara Müller den Geschäftsführer wegen mangelnder Sicherheit im Treppenbereich verklagt hatte.

Roma Radomil ist eine Art Poetry-Slam-Ikone geworden, wie ich durch Zufall beim Surfen im Internet herausfand. Er tourt nicht nur durch die gesamte Republik, sondern ist auch viel im Ausland unterwegs, wo seine Fans, insbesondere die weiblichen, in hysterische Begeisterungsstürme ausbrechen. Man spricht schon vom Phänomen der Radomania.

Vom Literaturagenten Mauz dagegen hat keiner mehr etwas gehört, es scheint ihn jedoch auch niemand zu vermissen. Manchmal frage ich mich, ob mein Kündigungsschreiben jemals bei der Hausverwaltung eingegangen ist. Und ich bilde mir im Nachhinein wirklich ein, falls überhaupt, nur eine 45-Cent-Marke auf das Kuvert geklebt zu haben, so dass es möglicherweise seit damals mit dem rosa Vermerk »nicht ausreichend frankiert« im Briefkasten neben dem Schlüsselbund liegt. Ich muss auch direkt mal nachsehen, ob ich überhaupt den Dauerauftrag gekündigt habe...

Manchmal sehe ich nachts in einem wiederkehrenden Traum das Haus, in dem ich früher wohnte. Aus dem weit geöffneten Fenster in meinem Arbeitszimmer fliegen weiße Zettel mit Worten heraus. Sogenannte Notizzettel, wie sie manchmal benutzt werden, um einen spontanen Gedanken festzuhalten, mit der Absicht, diesen zu einem späteren, angemesseneren Zeitpunkt wieder aufzunehmen und weiterzuspinnen ... Die schweigenden Worte fliegen langsam durch den blühenden Magnolienbaum und verteilen sich in alle Richtungen, bis sie sinken und von zu Sonnenschirmen umfunktionierten Regenschirmen aufgespießt werden.

Und dieser Traum ist gar nicht so abwegig. Denn das Allerschönste ist ja, dass die Regencapes aus unserem Stadtbild verschwunden sind, seit die Chinesen hier Fuß gefasst haben. Diesen Menschen gegenüber empfinde ich große Dankbarkeit – denn sie brachten uns die Sonne und das Glück.

Dank

an Florian Reinartz und meine anderen Freunde – und an meinen Verleger Peter Koebel für die formvollendete Zusammenarbeit.

Gewinnspiel für Autoren:

Auf Seite 69 verspricht sich Roma Radomil und glaubt an »acht Komma drei Dioxin« zu leiden.

Wissen Sie, welches Wort er eigentlich meinte?

Wenn ja, schicken Sie die Lösung und Ihr Manuskript an www.agentur-mauz.de und gewinnen Sie mit etwas Glück einen Vermittlungsvertrag …

»Prästerchen!«, rief Roma Radomil laut. »Welch ein Glieck! Es gibt noch mehr Biecher von Betty Kolodzy.«

Ali, der Tinnitus und ich

ISBN: 978-3-86286-026-5

Neue Wege in der Integrationspolitik: Die Bundesregierung zahlt jedem, der einen Migranten bei sich aufnimmt, eine Prämie in Höhe von 500 Euro monatlich. Lebenskünstlerin Krasskowski, Ende dreißig, wittert die Chance auf ein geregeltes Einkommen und holt sich »ihren« Ausländer ins Haus. Die Ereignisse überschlagen sich. Als dann auch noch ein himmlischer Tinnitus aufkreuzt, gerät alles außer Kontrolle.

Neugierig geworden?
Erfahren Sie mehr auf **www.michasonundmay.de**

Zu allen Titeln finden Sie auf unserer Homepage auch kostenlose Leseproben zum Download.